庫

俠骨記

〈新装版〉

宮城谷昌光

講談社

目次

俠骨記《きょうこつき》

侠骨記
きょうこつき

かれの外貌《がいぼう》はどことい って特徴はない。からだつきが雄偉《ゆうい》というわけではなく、かおだちといえば異相《いそう》ではない。よくみれば端麗《たんれい》といえぬことはないが、着ているものがいなかびていたから、それも目立たない。

里の者はむしろかれに優しさを感じるらしく、

「学がおありになり、善《よ》い人です」

と、いう。

もうすこし里人のいう意味あいを深めると、かれの門地《もんち》はすぐれているわけではなく、里人はこれからの郷党の指導者としてかれを必要とするわけではないものの、里には希薄《きはく》な文化の匂いを感じさせてくれる点で、かれの存在価値をほどほどに認めているということになる。

かれはよく里人に顔をみせなくなるときがある。それがひと月であってもふた月であっても、

「学問をなさっているのだろう」

と、里人は気にもとめない。かれにたいして悪意をもっている者は、

「こんな里曲《りきょく》で学問をして、どうなるというのだろう。都からはまったく相手にされまいよ」

と、かれの独学をあざわらった。

「いや、学問なんか、していない。わしはあの人が旅装でかえってくるのを見たんだ」

と、いう者もいる。それがかれに関しての唯一の謎だが、里人はそれ以上穿鑿《せんさく》をしない。そこまでかれに関心はないのである。

かれの名は、

「曹劌《そうかい》」

曹沫《そうかい》とも書かれる。劌はふつう「けい」と訓《よ》まれるが、劌には会《かい》の意味があるから、カイの音に後世の史家があて字をしたため、ふたつにわかれたのであろう。

この年、周《しゅう》の荘《そう》王十二年（紀元前六八五年）である。いわゆる春秋《しゅんじゅう》時代の初期で

ある。

春秋時代といっても、実情は弱肉強食の戦国《せんごく》時代とさほどかわりはない。大国が小国を併呑《へいどん》しはじめている。

ここは大国のひとつである「魯《ろ》」の領内である。

魯は文化国家としては、中華で第一級だが、軍事は二流だ。また保守の臭いが濃厚で、階級にうるさい。それはそれとして、この魯の国が大難をむかえようとしていた。

東隣の大国、

「斉《せい》」

との確執《かくしつ》である。この年の八月に、斉へ攻めこんだ魯軍は、斉軍に邀撃《ようげき》されて、大敗した。九月にはいって、「斉軍がくるかもしれぬ」という不安から、首都・曲阜《きよくふ》の近くをながれる洙水《しゆすい》を浚《さら》って、防備をかためつつあった。

里巷《りこう》でも動揺はかくせない。

「わが君は、とんだ者を、お拾いになったものだ」

と、里人はいう。

とんだ者とは、斉の公子「糺《きゆう》」をさす。この公子の名は「糾《きゆう》」とも書かれる。

前年に斉で、君主が謀殺されるほどの乱があり、その君主の弟である糺は、危難を避けて、魯に亡命してきた。糺の母が魯から斉へ帰嫁《きか》した人であるという縁をたよってきたのである。

それが十二月のことで、今年にはいって、晩春に、斉の叛乱の首謀者であり斉の君主におさまった「無知《むち》」が、遊行《ゆうこう》中に暗殺された。当然、斉の首座が空《から》になった。

すぐに魯に情報がながれた。

公子糺は顔を輝かせ、

「入国に、ご後援ねがえましょうか」

と、魯の君主に出兵を請うた。

魯の君主は、名を、

「同《どう》」

という。かれはこのとき二十二歳で、壮気にあふれ、糺の懇請《こんせい》を快諾《かいだく》し、重臣たちのおもい腰を強引にあげさせようとした。

ところで公子糺を翼輔《よくほ》していた斉の陪臣は、ひとりを「召忽《しょうこつ》」といい、またひとりを、「管仲《かんちゅう》」といったが、管仲のほうが進みでて、

「おそれながら、わが国の公子で小白《しょうはく》と申すかたが、莒《きょ》の国に亡《のが》れています。莒もまた斉都に近く、おそらく小白も帰国をはかって挙兵するにちがいありませぬ。小白が先に斉都へ入れば、事が面倒になります。どうぞ、そこをご深謀くださいますよう」

と、魯公・同へむかって、頓首《とんしゅ》した。

――こやつめ、予《わし》に早く立て、とせかしおる。

同はわずかに気色を変じた。管仲という臣をよくみると、才知のきらめきを感じさせる男だとはおもうが、なんとなくえたいのしれない、ぬるっとしたものをさわった感じで、

――所詮《しょせん》、おのれの才知が仇になって、身を滅ぼしかねない男よ。

と、同はおもった。かれは不透明な臣は好まない。

さて、競争の相手になった小白は糺の異腹の弟である。小白の母は衛《えい》の国から斉へとついだ人であるのに、小白は衛の国へ逃げなかった。かれはふたたび斉に内部《ないげき》があることを予期して、斉の近隣の小国を流寓《るぐう》し、このとき莒《きょ》の国にいた。そこに小白の帰国にかける執念のすさまじさをみるべきであったが、同は楽観した。小白がどれほどの器量にせよ、莒のような小国がうしろだてなら、あわてることはない。小白の師《し》旅《りょ》(軍隊)は、魯の大軍をみれば霧散してしまうだろう。そうはおもったが、

「憂慮するにおよばず、すぐに立とうぞ」

と、いった。管仲は安堵したように、ひきさがった。

まもなく夏である。

魯軍の出陣までの間、管仲はよく動いた。斉国へ潜入し、公子糺を国主として迎えいれるための下拵《したごしら》えに有力な貴族の門をたたき、同意を得ては、駆けずり回り、一方で配下をつかって莒の小白の動向をさぐらせた。

――小白が、それほど怖いか。

と、ふしぎにおもった同は、帰着した管仲にじかに問うた。

「小白は恐ろしくはございません。が、公子を輔《たす》けている鮑叔《ほうしゅく》が恐ろしゅうございます」

と、管仲はいった。

――小白にそんな臣がいるのか。

同には、はじめてきく名である。管仲は厳重《げんちょう》な表情で、

「どうやら、斉の権門であります国《こく》氏と高《こう》氏とは、小白を擁立する腹とうけとりました。が、こちらが先に斉都へはいれば、かれらはしいて小白を推《お》すことはいたさぬとおもわれます。なにとぞ、すみやかにご出陣を――」

と、必死な口調でいった。

同は事態の切迫《せっぱく》さをさとり、ついに出兵にふみきった。ただしかれは首都の曲阜で吉報をまつことにした。

魯軍は一途、斉都へむけて急行した。管仲は手勢をひきい、間道《かんどう》をぬけ、莒から斉都へ通ずる路に、兵を伏せ、小白の斉都入りを阻止しようとはかった。このぬけめのなさは管仲の権変《けんぺん》の才を充分にあらわしている。

やはり小白とかれの臣下も斉都へ直行しつつあった。が、かれらは突然湧《わ》きでた敵兵のために混乱した。

このとき管仲みずからが放った矢は小白の腹部にすいこまれたかにみえた。小白は仆《たお》れた。なおも管仲は目をすえている。小白は動かない。側近の者が叫び、小白をかかえ起こそうとしても、小白に反応はない。そこまでみとどけると、管仲は鉦《かね》をうたせ、手勢をひかせた。かれの要心深さは、配下をさきの現場にのこし、小白のその後をさぐらせたことにある。その報告もはいった。

――小白は温車《おんしゃ》で運ばれた。

ということである。温車とは屍体運搬車のことである。

「ほう、小白は死者となって、斉都へ帰るのか。哀れなものよ」

公子糾は管仲の働きを褒めると同時に、少々管仲のやり方は強引ではなかったか、と複雑な気持ちになった。

魯軍の進行速度ははなはだしくにぶった。糾の競争相手はすでに消滅したのである。なにを急ぐことがあろう。軍容を正して斉にはいれば、臣民は歓呼して新君主をむかえるであろう。魯軍のたれもがそう信じていた。

公子糾が斉の君主となれば、魯は恩を着せたことになるから、なにかと外交上優位に立てる。魯公・同は打算でものごとをはじめる君主ではなかったが、あったとすれば、そのみこみである。そうした同の空想は、まもなく、じつにあざやかに粉砕《ふんさい》された。

魯軍のゆく手にまっていたのは、臣民の歓呼ではなかった。死んだふりをしてすでに斉都入りした小白に率いられた斉軍の鬨《とき》の声であった。

虚を擣《つ》かれた魯軍はあっけなく敗退した。

敗兵をむかえた同は、

——死んだ小白が、どうして旆《はた》をふれる。

と、かれらしくなく激怒したが、誤報をもたらして魯軍をあやまらせた管仲を誚《せ》めることはしなかった。あの時、管仲の矢は、小白をつらぬくまえに、帯鉤《たいこう》（バックル）にあたったのである。小白の演技が管仲の眼力よりまさっていたといえる。

――糺をどうしても斉都にいれる。

同は意地になった。かれみずからが軍をひきいて、斉都をめざした。魯の国を賭《と》しての進撃であったといえる。が、その賭《かけ》は凶とでた。

いくさ上手な高傒《こうけい》と鮑叔《ほうしゅく》とを帷幄《いあく》の臣とした小白は、巧妙に布陣し、魯軍の退路をたった。ために魯軍は大崩れにくずれた。同は側近が身がわりになってくれたためようやく死地を脱することができた。それほどの大敗ぶりであった。

斉軍は国境を越え追撃してきた。

兵勢さかんな斉軍に、魯軍は手も足もでない。

――このままでは、わが国の里郷は斉軍にあらされほうだいになってしまう。

そうした同の苦慮をみこしたように、鮑叔のもとから使者がきた。斉軍が引き揚げる条件として、

一、反逆した公子糺は、小白の兄であるから、こちらで殺すにしのびず、魯でご誅《ちゅう》伐《ばつ》ねがいたい。

二、管仲は主君に讎《あだ》なしたものゆえ、こちらでぞんぶんに殺戮《さつりく》したい、引き渡されよ。

以上が文書で示された。

同は窮地に立たされた。信義の問題である。強迫によって信義をまげれば、天下の嗤《わら》い者になろう。かれは自尊心の強いほうである。が、即答は避けた。重臣たちをあつめて諮問《しもん》した。

「管仲を渡せというなら、お渡しなさればよろしかろう」

という意見を吐く者が多い。また公子糺をこちらで始末せよ、といってきているが、斉公・小白は死者の首まで見とどけたいとはいってきていない。公子糺を誅殺したことにして、のちに斉から問いあわせがあったら、なんとでも逃げることはできる。公子糺を生かしておいても、世評はむしろ、そのほうに同情するであろう。議論はようやくまとまりかかった。

——やはり、管仲はおのれの才知で、自滅するか。

と、同は嘆息した。

ところがこのとき、大声を放《はな》った臣がいた。かれを施伯《しはく》という。魯の公室の出である。

「公子糺のことは、それでよろしい。が、管仲は渡さぬがよろしかろう。渡すのなら、管仲を殺して、その屍体ならよろしい」

異見である。

「ほう、何故か」

同は満場の私語をおさえるように諮《と》うた。

「斉が管仲を得ようといたすのは、殺戮《さつりく》するためでなく、登用するためでありましょう。新しい斉君を輔佐《ほさ》している鮑叔《ほうしゅく》と申す者は、きくところによれば、管仲の親友とか。また鮑叔はつねづね管仲の異能を高く評していたとか。――さらに、管仲はすでにわが国に害をなしたる者、この上、斉で相当な位階にのぼれば、わが国はかれによって、またもや害をうけるのは必定。……管仲をいまのうちに処分なさったほうがよろしい」

施伯は滔々《とうとう》と述べた。が、居並ぶ重臣のなかでは失笑する者さえでた。

――管仲が登用されるとは、妄想もはなはだしい。

どこの国に、おのれに暗殺の矢を縦《はな》った者を、大臣に抜擢《ばってき》する君主がおろう。満座を占めているのはそういう感情である。その感情は同にも染《し》みた。

――管仲を渡せば、すべてがわかる。

しかし管仲が斉で処刑されたら、どうであろう。おのれの信義は地に墜《お》ちるだろうか。また管仲は、小白に赦《ゆる》されたとして、これまで仕《つか》えてきた糾をすてて、あっさり小白にのりかえるような男だろうか。同は人間の心の深奥にひそむ名状しがたいものを、この管仲ひきわたしにおいて見られるような気がした。かれは決意した。

「管仲を渡す」

そういいつつ施伯を一瞥《いちべつ》した。が、施伯は無表情であった。

――もう一度、立て。立って発言せよ。

同は心のどこかでそれを願った。だが施伯の腰も口も動かない。同は施伯をみることでおのれの弱さをみつめていたといえる。

管仲をうけとった斉軍はあっさり引き揚げていった。

――それほど管仲を欲していたのか。

同は不快になった。いやな予感がした。まさか、とおもう。やがて報告がはいったとき、かれは憂慍《ゆううん》した。

鮑叔は罪人である管仲の縄をとき、斉へつれかえって、執政《しっせい》に推挙したということである。また小白が旧怨をわすれたかのようにそれをすんなりうけいれたことも、同をおどろかした。事態は施伯の予想どおりになったのである。

——斉人《せいひと》は、どいつも食えぬ。

という憤《いきどお》りが、同の体内をかけめぐった。そのほてりをみずから冷《さ》ますように、首相の臧孫達《ぞうそんたつ》に、

「管《かん》氏は、昔から、わが家とは適《あ》わぬらしい」

と、いった。

「御意《ぎよい》」

と、こたえた臧孫達は、先代の君主（桓《かん》公・允《いん》）が即位するとまもなく魯の国政をあずかった名臣で、同の代になっても信任篤《あつ》く、この年で執政は二十六年になる。魯の良識の代表者というべき人物である。それほどの人物だが、こんどの鮑叔の巧妙なかけひきはみぬけなかった。

同の言った「管氏」とは、むろん管仲のことにはちがいないが、管氏の遠祖は「管《かん》叔《しゆく》」であるともいわれ、管叔という人は周王朝を樹立した武王発《ぶおうはつ》のすぐ下の弟で、かれは武王の死後、摂政をおこなった弟の周公・旦《たん》にそむいて誅殺されたと伝えられている。その周公・旦こそ、魯の宗祖である。同は管仲に裏切られたくやしさを、故事

にたくしたわけであった。

「こうなったら、糺どのは護《まも》り通してみせよう」

と、同は意気ごんだ。

糺をかかえこんでいるかぎり、斉とのいさかいはおわらぬ。臧孫達にはそれがわかる。が、糺をこちらで殺害しても、斉はそれを理由にまた魯にいくさをしかけてくるであろう、臧孫達はそこまで考え、あえて諫言《かんげん》はしなかった。かれは老いてはきたが、君主の気分にかかわらず、これとおもったことは直言できる胆力はもちつづけている。

九月になって、同を憤慨させる事件がおこった。

公子糺が暗殺されたのである。

魯に潜入した小白配下の暗殺団が、生竇《せいとう》（または笙瀆《しょうとう》）の地でかくまわれていた公子糺を襲い、殺害した。生竇は魯の地名になっているが、衛《えい》国の首都と曹《そう》国の首都とのあいだにあり、同のいる魯の首都・曲阜《きょくふ》からもっとも遠い。むろん斉からはさらに遠い。魯の史記である『春秋』では、

——九月、斉人《せいひと》、子糺《しきゅう》を取《と》りて之《これ》を殺す。

とあるのに『春秋左氏伝』では、魯が公子糺を殺したような解説になっている。公

子糾が魯の国境にちかい生竇にいたことがまちがいないのなら、それは魯の君主である同の配慮によるもので、斉に攻めこまれたりなにか変事があったとき、糾が衛へでも曹へでも国外へ逃げやすくするために、そこへ住まわせたと考えたほうが、無理がないだろう。したがって糾に生きていてもらいたくない小白が配下をつかって暗殺させたとする、『韓非子《かんぴし》』の説のほうが正鵠《せいこく》を射ているようだ。

主人を喪《うしな》った忠臣の召忽《しょうこつ》はそこで自殺した。

——なんという卑劣さだ。

同は斉のやりかたを憎むと同時に召忽という臣を惜《お》しんだ。かれは管仲よりも生理的にああいう実直な臣のほうがすきであった。

余談になるが、のちにこの魯の国に生まれた孔子《こうし》は、古人としての管仲を心からほめるようなことはしなかった。そこからも、魯公・同のもった管仲への感情は、国民的感情でもあって、のちの魯の国民にそれはうけつがれていったことがわかる。

冬になった。農閑期である。兵をもっとも動かしやすいのが農閑期だ。魯は曲阜城の外濠にあたる洙水の川底を浚《さら》って、斉軍の襲来にそなえた。魯と斉との戦気は、公子糾が亡くなっても、あいかわらず消えない。

——斉の小白のやりかたは、きたない。

それについて同に義憤はある。が、このままでは斉《せい》に威圧されつづけるだけであろう。魯《ろ》にはこれといった武将はいない。いや、いることはいる。執政の輔佐をしているかれの庶兄の慶父《けいほ》がそれだが、勇気は並はずれていても、斉軍の兵勢を衰退させることができるほどの戦略家ではない。

同は、冬のあいだ、やがてなんらかの理由を設けて侵入してくるであろう斉軍との対戦図を、脳裡に画《か》いては消し、消しては画いていた。

魯では、冬になると、各郷里で宴会がある。

曹劌《そうかい》のいる里でも会合があった。その会合は、里人の慰労と懇親《こんしん》をかねたもので、当然酒がはいる。若者たちは年長者に酒を勺《く》み、教えをうけることがならわしになっている。

この年の会合は欠席者が多かった。それらのすべては、兵にとられて死ぬか負傷してもどってきた者たちである。会合はまず斉への怒りの声でみちた。やがてその声はなげきにかわっていった。魯は正義の戦いをした、それはわかる、しかしこれからも斉魯間で戦闘がたえないとすれば、魯は百戦し百敗するであろう、それもわかるからである。若い生《いのち》がどんどん消えていってしまう。

「やがてこの里も、斉の兵馬によって蹂躙《じゅうりん》されるときがくれば、わしらも生きてはいまいよ」

と、長老のふりしぼるような声がしたとき、みな暗く顔を伏せた。

魯はこれまで軍事的行動はおもに斉とともにしてきた。または鄭《てい》であった。魯は軍事では斉をたよりにしてきた。その斉がにわかに最大の敵となったいま、援助をもとめてよいのは鄭であるが、鄭は往時ほどの国威をもっていない。地理的なこともある。魯と鄭とのあいだに宋《そう》があり、魯はむかしから宋とうまくいかない。斉が宋にはたらきかければ、東西から魯へ侵攻できるし、鄭から発する魯への援兵を宋で阻止することができる。要は、魯は孤立しているのである。

会合に曹劌も出席していた。

かれは積極的な発言はせず、ときどきうなずくことで話への関心をあらわすほかは、目をとじ、まるでねむっているようであった。

宴席は、水をうたれたように、しずまった。曹劌はこのときを待っていたかのように、瞠目《どうもく》し、

「肉を食べている人は、頭が悪い」

と、よく通る声でいった。肉を食べている人とは貴族をさす。ずいぶん辛辣《しんらつ》な放言だが、満座の人々は曹劌がなにをいいだしたのかよくわからなかった。曹劌は平然と頤《あご》をあげて、

「目さきが利《き》かぬ。その目さきの昏《くら》さによって、きたる戦いにおいても、死傷者の山が築かれることは明白である」

と、上層階級を批難した。魯では、子が親をなじることはもちろん、目下の者が目上の者を批難することを極端にきらう。つまり、

「僭越《せんえつ》」

は、忌《い》まれるのである。ひごろおとなしい曹劌がその僭越をおこなったのである。

さらにかれが、

「わが君に戦いのしかたを教えるために、これから都へ上る」

と、いったとき、その場にいた里人たちは、怒るよりも呆《あき》れた。曹劌が発狂したのだと考えるのが、もっともふさわしかった。しかし、むろん曹劌は気がふれたわけではない。

「まるで殺されにゆくようなものじゃ」

と、いう声があがった。

——妙なことをされると、この里に難儀《なんぎ》がかかる。

と、いやな顔をする者もいた。

曹劌は ぬっと立ち、

「みなさん、きいてください。このままでは、魯は斉に蹂躙《じゅうりん》されるばかりです。魯では、戦いがあれば、そのたびに負け、春秋に富む若者たちが、あたら命を戦場に散らしてゆく。この里でも、働き手をうしなった者が、すくなからずいます。はっきりいって、魯は戦機を知らず戦法も知らぬ。国じゅうを捜しても、わたしのほか、戦法を知る者はいない。さて——」

と、一息いれて、

「わたしは明朝立ちますが、もしもわたしが屍体でもどってくるようでしたら、魯は遠からず摩滅《まめつ》しましょう」

と、いった。ひごろのかれに似ぬ大言壮語であったが、それをきいた里人たちはみなしんみりした。このとき、

「それほどまでの決意なら……。よし、この席を送別の席にしようではないか」

と、提唱した者がいた。慰労と懇親の会は一転して愴々《そうそう》たる送別の宴になった。

早朝、——曹劌は曲阜へ旅立った。

里人のなかには、朝霧を払って見送る者も、すくなからずいた。

曹劌のねらいは臧孫達である。

魯に大夫《たいふ》（貴族）は数多くいるが、君主を決定的に動かすことのできるのは、首相の臧孫達をおいてほかにいない。曹劌は臧孫達の陰《かげ》の参謀としてでもよいから、従軍して、魯軍を勝利にみちびきたい。

――いや、戦場では慶父《けいほ》さまかな。

と、いう迷いもある。迷っているうちに曲阜についたかれは、はじめに慶父邸の門をたたいたが、名告《なの》りもできぬうちに追い返された。やはり最初のねらいどおり臧孫達にくいつこうとおもいなおし、臧孫家の門前に立った。

――さすがに、わが君の室《いえ》から支《わか》れた宅だけのことはある。立派なものだ。

と、ひとわたりながめてから、門番に、

「じつはわが里から、いままでにどなたも見たこともない宝を発見いたしましたので、さっそく持参いたしました。どうぞお取り次ぎを」

と、謹直そうにいった。

曹劌の身なりは粗野ではなく、物腰はやわらかい。門番はべつにおどろかず、

「そうか、殊勝《しゅしょう》なことである。里名と名をなのりなさい。わしが侍人《じじん》のどなたかにお渡ししておく」

と、いった。

「とんでもございません。これはさきほど申したとおり、世にも稀有《けう》なものでして、どうしても直接にお渡しいたしとう存じます。よろしくおとりはからいを――」

と、曹劌は門番にたくみに奇物《きぶつ》をにぎらせた。それは里人からの餞別《せんべつ》である。

狎《な》れた手つきで奇物をうけとった門番は、

「いやあ、それはなるまい。なにしろご参政のお忙しい御身体だ。お帰りはいつになるかわからぬ」

「むろんいつまでもお待ちしています。この宝をごらんになれば、きっとお喜びになるにちがいありません」

と、懇願した。門番は奇物をもらった手前、すげなくできず、智慧《ちえ》をしぼったつもりであろう、

「おお、そうだ」

と、曹劌を柱のかげにまねき、臧孫達は出仕して宅内にはいないが、孫《まご》の臧孫辰《ぞうそんしん》ならいるので、そちらならなんとか取り次げる、といって手をだした。門番が直接に臧

ために賄賂《まいない》せねばならない、その孫辰に口をきけるわけはなく、間にはいってくれる侍人にもう一つ奇物をよこせという手である。

「臧孫辰」

と、きいて、曹劌はがっかりした。孫なら若造《わかぞう》であろう。貴族の青年ほどたちの悪いものはいない。高慢で世間知らずときまっている。かれが落胆ぶりを顔にだしたので、門番は、

「いやいや、あのお方は若いのに物事をよくご存じだ。そちらが持ってきた宝の値打ちをわかってくれようよ」

と、なぐさめた。

あいかわらず手はだしている。曹劌はその手にもう一つ奇物をのせた。

侍人がきた。かれはいきなり曹劌の旅衣をぽんぽんと手でたたき、

「べつに疑うわけではないが、この下に妙なものを隠されていると、困るのでな」

と、いい、曹劌が身に寸鉄も帯びていないことを確かめると、

「よかろう。では、しばらく待て。宝というのは本当だな。それが嘘であったときは、その方は生きて門外にでられぬぞ」

と、恫《おど》して、曹劌の表情をみすました。

曹劌は丁寧に頭をさげた。

曹劌は堂下で拝跪《はいき》した。

堂上で軽い咳《せき》払いがした。臧孫辰であった。

端麗な容貌をもつこの青年は、魯が生んだ秀才のひとりであり、やがて祖父のあとをついで魯の首相になるのだが、まだその声望は他国はむろんのこと自国にもきこえていない。

「希覯《きこう》の宝を持参したとな。わが家の主《あるじ》にしかみせぬという、その物を、わしが先にみたい。どうだ、みせてくれようか」

と、さわやかな声でいった。

うつむいたままその声に耳を澄ませていた曹劌はすこしほっとした。声音のなかに性質と人格とはあらわれる。臧孫辰の声についていえば、やや高い音だが耳ざわりでなく、質はよい。また語りくちはやや速いが、抑揚《よくよう》を適度に効かせている。これは非情の人ではないということであった。曹劌は、

「否《いな》や、があろうはずはございません。しかし、ひとつおたずねしてよろしゅうございましょうか」

「おお——」

臧孫辰は苦笑した。

——度胸のよいやつだ。

と、おもった。堂下に跪坐《きざ》している郷人から、独特の気迫が感じられる。

「国中でもっとも尊い宝とは、なんでございましょう」

と、曹劌はいった。

「それは君公《きみ》だな。わが国の開祖は天王より、人と地とを賜《たまわ》り、天王は天より海内の人と地とを賜った。君公なければ魯は消亡する」

「では、君公にとって、至宝とは、なんでございましょう」

「それは、いま言った、人と地だ。人なければ地は荒野と化し、地なければ人は生きられぬ。君公をささえているのは、この二つだ。では、その方の宝とやらを、そろそろ、みせるがよい」

「よろしゅうございます」

曹劌は脇においてある葛籠《つづら》をあけ、なかから、皮紙《ひし》と帛布《はくふ》をとりだした。

「これでございます」

と、曹劌はすましていった。

臧孫達が帰宅して、夕食をとり、くつろいでいるところへ、辰がはいってきた。達はこの孫の聡明さを愛してきた。臧孫家は辰の代にはますます栄えるであろう。そういう予感があって、かれなりに辰を薫陶《くんとう》してきた。したがって辰の発言をききずてにするようなことはしない。

「おもしろい男が、宅《いえ》にきています。ぜひ、ご接見くださいませ」

と、辰がいったとき、達はなにも問わずに、

「そうか。では、ここへ通しなさい」

と、いった。

床《ゆか》の上に帛布がひろげられたとき、臧孫達は身をのりだした。

「これは、みごとだ――」

「おそれいります」

席の下で曹劌は平伏した。かれが臧孫達にみせたのは、地図である。そこには、かつて魯の国内で戦闘がおこなわれた場所の地勢と、魯軍と敵軍の動きが画《か》きあらわされている。また西隣の宋のものや、東隣の斉のものもある。いずれも精巧な戦役図譜である。

曹劌は国外の戦場も踏査してきた。

――なにゆえ、こうも魯軍は弱いのか。

そうした憤《いきどお》りが、かれに戦術の必要性を痛感させた。戦闘の力学を平面で解決しようとし、積年、古戦場をめぐってきては画きためておいたものを、整理して画きなおした。それを臧孫家にもちこんだのである。

達は指を挙《あ》げ、

「これが、今年のものだな」

今年のもの、とは魯軍が斉軍に大敗した戦場をさす。

「決戦場はここ、時水《じすい》はこう流れており、斉軍の一つの旅《りょ》（隊）は、わが軍が時水をわたるころあいをみはからって、背後にまわり、退路を断《た》ちました。おそらくその旅は、この路を通ったのでありましょう」

と、曹劌の解説はよどみない。

「なるほど、あの川は乾時《かんじ》というくらい、よく水が涸《か》れるのに、このたびは水嵩《みずかさ》があったため、退くに退けず、敗走のやむなきにいたったものだ」

「なお、斉は、間道にべつの旅を伏せてあり、わが君がそちらへ入られたら、御命はなかったでありましょう」

「侍臣の秦《しん》と梁《りょう》とが、わが君の身がわりとなって、間道へはいり、落命した。かわいそうなことをした」

「相手を知るべきでした」

　と、曹劌がいったとき、同席していた辰は、皮紙をとりあげ、

「この者は、魯にとって至宝をもたらすために参ったと申しております。どうやらこれが、それらしいのです」

　と、達に謎をかけるようにいった。

「なにも画《か》かれていないようだが……」

　達は問うような目つきで曹劌をみた。曹劌は恐縮の態《てい》で皮紙を床におき、

「筆と墨とを拝借できますか」

　と、いった。かれがなにやら皮紙の上に画いているあいだ、辰は、

「この者は剛愎《ごうふく》です。わたしがいくら問うても、これに関しては、なにも語《つ》げようとしなかったのですから」

　と、軽い笑声をたてた。

　ふたりが皮紙の上にみたのは、やはり戦役図であった。ただし地名は書かれていない。

「このような戦闘があったかな……」

と、達はつぶやきながら首をかしげた。辰はしばらく凝視していたが、急に哄笑した。つぎに達に耳語してから、

「曹子よ」

と、曹劌をにらみ、

「卓上の戦法で、斉軍を破るつもりか。妄想でわれらを惑わすのは、弭《や》めよ」

と、大喝した。

曹劌は悪びれもせず、

「さすがのご眼力。それなくしては、魯の人臣の心は見抜けません」

「追従《ついしょう》を申すな。その中心の丸は長勺《ちょうしゃく》であろう。長勺における戦役は、これまでになく、架空のものだ。博奕《ばくえき》（すごろく）につきあうほど、われらは閑《ひま》ではない」

辰は立って皮紙を踏みにじろうとした。曹劌はさっと皮紙をとりあげ、

「あなた様は、魯を滅ぼすおつもりか」

と、大胆にも叱声《しっせい》を発した。凄然《せいぜん》とにらみかえした曹劌の手にある皮紙がふるえた。

——すさまじい胆気《たんき》の男じゃな。

と、おもった達は、控えておれ、というように辰を手で制し、曹劌にむかって、

「長勺がなにゆえ、魯の至宝となる。意《の》を叙べよ」

と、いった。

「わが軍は、この長勺において、斉軍に大捷《たいしょう》し、こののちわが君は、斉の君に平身低頭する屈辱から、まぬかれるからでございます」

曹劌はことばと表情に忠純をあらわした。この必死の気勢が臧孫達に通じなければ、天は魯を見放したのだ、とさえ曹劌はおもいつめている。このとき達は、ふと遠い目をして、

――天から降ってきたような男である。

と、おもいながら、

「長勺での戦いは、いつあるのじゃ」

と、天に問う気持ちで問うた。

「春、正月に――」

厳粛な声がかえってきた。

達も辰もこの自信にあふれた応《こた》えにおどろき、今年が残りすくないことにせわしく想到した。ふたりが口をひらくまえに、曹劌は解明するように、

「斉へ往き、査《しら》べましてございます。この皮紙は必ずお役に立ちまする。どうか小生も帷幄《いあく》の隅にお加えくださいますよう」

と、いった。

長勺とは魯の邑《まち》である。首都の曲阜からは、北へむかい、汶水《ぶんすい》ぞいに水源をめざしてゆくと、長勺がある。一方、斉の首都の臨淄《りんし》から南へむかうと山があり、淄水《しすい》ぞいに水源をめざしてゆくと、長勺がある。

——その長勺をかならず斉軍は通ります。

と、曹劌はいう。

それが本当であれば、ずいぶん魯は嘗《な》められたものだ、と臧孫達はおもった。魯軍弱しとみて、斉軍はなんの小細工もせずにまっすぐ攻めてくるということであり、小細工なしの力攻めには大軍が必要であり、つまり斉公・小白はここで一気に魯の威勢を殺《そ》いでしまおうというわけであろう。

——斉の小白は、覇王たらんとしている。

恐るべき君主が隣国に出現した、と臧孫達は感じた。

「謀主は管仲でございましょう」

と、曹劌はためらいなくいった。ああ、あの男か、と達がおもったとき、不快が腹の底から湧きあがってくるのを覚えた。

——管仲は、礼を知らぬ。

そうではないか。かりそめにも魯に寄寓し、魯公の好意によって魯の軍を動かせたのである。その男がたまたま生《いのち》をひろい、斉にかえれば、たちまち魯を衰残させる策略をめぐらせるとは、礼を失するどころか、人としてもっとも卑《いや》しむべき趣舎《しゅしゃ》をおこなおうとしている、というべきであろう。達はここまで考えてきて、急に忘れ物を想い出したように、

——曹劌を、どうしよう。

と、考えた。酷ないいかたをすれば、曹劌のうまい利用法はないか、ということであった。膝を斂《おさ》め、目を光らせ、達の判断を仰いでいるこの郷人は、宝を持参したなどと大嘘をついて平然としている度胸もさることながら、話をすすめてゆくうちにみせた戦術眼には独特なものがある。故事にもくわしい。

——こやつめ、魯の至宝というのは、ひょっとすると、おのれを指しているのではないか。

と、おもえば、失笑しそうになった。卓上の戦術でおわらなければものの役に立つ男だ、と看取した達は、なんと翌朝に曹劌をしたがえて参内《さんだい》した。

曹劌にとって、夢想だにしなかったことである。

君公にまみえることができるとおもったとき、かれは雲上に舞い上がった雛鳥《ひなどり》のここちがした。古制でかたまった魯では、かつてなかったことであり、以後もこのようなことはあるまい。そのたった一人に自分がなったことに曹劌は昂奮した。

が、かれに邪念はない。魯が助かればよい。そのためにはおのれの身を空《むな》しくして、君主に赤心をみせるだけである。その信念のあるかれは、魯公があらわれても、恐縮ばかりしていない。ぐいと首をあげると、魯公に質問をあびせかけた。

――どういう心構えで、戦いに臨《のぞ》むか。

と、いうことをである。これもまた僭越である。

が、魯公・同は、この日、機嫌がことのほかによく、曹劌の礼をはずしたような挑発が、かえって新鮮におもわれた。

同の心は浮きたっている。かれはすでに曹劌の画いた地図に目をとおし、年が明ければ早々にやってくる斉軍の魯国への侵入口が長勺であると臧孫達からきかされていた。ひょっとすると、この情報がまちがっていた場合、曹劌に責任をとらせるつもりもあって、達は曹劌を宮中にともなってきたのかもしれない。とにかくこの情報ほど、同を喜ばせたものはない。このころの同は、斉、ときいただけで葷羶《くんせん》をいやがるような顔をするほどであった。

同の斉にたいする想いは、おそらくたれよりも陰晦《いんかい》である。かれの母は、斉の公女であり、父の允《いん》は、小白の兄の諸児《しょげい》に斉で殺された。死ぬまえに斉の地をおとずれた父は、同伴した母を誚《せ》めて、

「同はわしの子ではない。おまえと斉公（諸児）との不義によってできた子だ」

と、いった。母はそれを自分の兄であり密通の相手でもある諸児に告げ、魯の君主である父を殺させた。父の不慮の死によって、同は魯の君主となった。そのとき十四歳であった。母はその後も諸児との密会をかさねた。同にとっては、あれもこれも、おぞましく信じられないことばかりであった。

この少年君主の苦悩の深さは、想像を絶するところにあったであろう。かれはけなげに克己《こっき》につとめた。年月のながれの優しさによるものであろう、かれの心に烈しく爪をたてていた情猴《じょうこう》がうすらいだ。そのとき、

――斉に勝つのだ。

と、いう意志が芽生えた。それまではどちらかといえば斉を忌避《きひ》することを考えていた。おのれに克《か》つことも斉に勝つこともおなじことであると気づいたのである。さらに同の心を軽くすることがあった。

魯の首都である曲阜から西北にゆくと郕《せい》という邑《くに》がある。直線距離で二十五キロメートルである。その邑を斉と魯とで攻め取ろうということになった。となれば、同は実父であるかもしれない諸児と、陣中で会うことになる。

——おのれを試《ため》すときだ。

と、同はおもった。

暑い盛りであった。同は斉の陣をたずね、諸児に挨拶にいった。諸児は戎衣《じゅうい》をぬぎ、近侍に汗をふかせていた。同の顔をみても、素膚《すはだ》をかくすようすもなく、冷《ひや》やかな微笑をうかべて、

「やあ、参られたか」

と、いった。その一瞬の表情をみすました同は、

——斉公は、わが実父ではない。

と、直感した。たしかにこれは直感以外なにものでもなかったが、それで充分であった。

郕は降伏した。郕人は、これからは斉に服属したい、と申し出た。これをきいた慶父は、

「斉が卑劣な恫《おど》しをかけたのだ。いっそこれから斉軍を伐《う》ってやろう」

と、肚《はら》に据えかねたようにいった。

郕は魯に近い。ふつうなら魯に降伏するところである。また郕の開祖は魯の宗公《そうこう》とおなじく、周王朝を樹《た》てた武王の弟である。なにゆえ郕は同姓の国を避け異姓の国をたよろうとするのか。そうしなければ、郕の人民をみな殺す、とでも諸児はおどしたのであろう。慶父の推測はまちがっていない。諸児の暴恣《ぼうし》はいまにはじまったことではない。

このとき同は、兄の慶父に、

「おやめなさい」

と、いった。斉の軍になんの罪があるのです、むしろ罪はわたしの不徳にあります、と自分を誚《せ》め、

徳あればすなわち降《くだ》る。しばらく務めて徳を修めて、もって時を待たんか。

（『春秋左氏伝』）

と、いって、軍を引き揚げさせた。これをきいた世間の心あるひとびとは魯公・同を善《ほ》めた。同は諸児に勝ったのである。

ところが諸児は、その年の十二月に、いとこの無知《むち》の叛乱によって殺された。諸児の死によって同の母は帰宿《きしゆく》するところを失った。同の心のなかから一つ大きな重しがとれたが、まだ母の存在は重い。あの淫媟《いんせつ》な血が、自分の体内にもながれているのである。

——時が母の血を浄化してくれるのを待つほかない。

と、同はおもっている。

しかし時は優しいばかりではない。おもいがけない怪物を隣国に産んだ。諸児の弟の小白である。この侵略ずきの君主は同の頭痛の種であった。

——このままだと、魯は斉の属国にされかねない。

と、いう懸念さえある。そこへ、

「斉の淫非《いんぴ》を払除《ふつじょ》できそうな里人をつれてまいりました。ぜひ、ご引見をたまわりますよう」

と、いう臧孫達の申奏《しんそう》があった。

きけば、斉は新春早々に軍を発するという。まさしく魯を属国とするつもりの出師《すいし》である。が、敵の軍旅の道次《どうじ》さえわかれば、おどろくにはおよばない。

その情報をもたらした男は、まれにみる戦法通であるときかされた。それだけにどうという風貌の男だろうと想像したのだが、想像はほぼ的中した。鋭気があっても典雅さをうしなわず、典雅であっても傲倨《ごうきょ》ではない。同はそういう男が好きであった。

――魯人はこうでなくてはならぬ。

と、おもったということは、同がすっかり曹劌を気にいったということである。

さて、どういう心構えで戦いに臨むか、などと主君にむかって問うた里人は、曹劌がはじめての者であろう。同はこの質問をいやがらず、

「衣食を独占せず、かならず人に分《わ》かつ」

と、いった。

「小さな恵みにすぎません」

そんなことでは民は従わないでしょう、と曹劌はにべなくいう。同は劌の意をはかりかね、

「神に供《ささ》げる犠牲《いけにえ》や天子に捧げる玉、それに属国からうけとる帛《きぬ》に、なんら追加するものはなく、加えるとすれば信《まこと》だけである」

と、いった。これは古礼をはずすことのない自分の正しさをいい、また貪欲でないこともあわせていったつもりである。が、劌はうなずかず、

「小さな信にすぎません」

大きな孚《まこと》ではありませんから、神の祝福は得られますまい、と曹劌は冷《ひ》えた口吻《こうふん》でいう。

民は従わず、神の祝福も得られないといわれた同は、師のまえの弟子のように気おくれし、

「訴えごとは、大きいものも小さいものもあるが、予《わし》はすべてを明察することはできぬとしても、かならずまごころをもってあたってきたつもりであり、これからもそうするつもりだ」

と、いって、劌をみつめた。

衣食とは物であり、犠牲玉帛《ぎせいぎょくはく》とは形式である。物や形式からぬけでて、はじめてその君主の独特の存在があり、またそれがなければ、上の恵渥《けいあく》が下に浸透しない。

——なんというさわやかな君公だ。

劌は、わざとつきはなしたように吐いたことばのひとつひとつが、魯公の胸に滲《し》みていったことがわかる。そこに感動があった。かれはようやく表情を喜悦にかえて、拝伏すると、

「そのお心がけなら、斉と一戦できましょう。君がご出陣なさるのなら、どうか扈従《こしょう》

をおゆるしくださいますよう」

と、いった。

――これだけの明君を、明君たらしめずにいるのは、臣下が悪い。

と、おもった。ただひとつ魯公に欠けているものがあるとすれば、それは自信である。そうした意《おも》いさえ同にしみたのか、少年のように顔を上気させた同は、

「おお、戦わでか。――汝《なんじ》には右《ゆう》を命ず」

と、はずんだ声でいった。

これには臧孫達が愕き呆れた。右《ゆう》とは、君主の戦車に陪乗《ばいじょう》する武人をいう。よほど気心の知れた臣でないと、右としてつかわない。ところが同は、いまあったばかりの曹劌を、大事な一戦で、自分の車に乗せるという。大胆というより酔狂《すいきょう》にちかい選択である。

――これで斉に負けたら、君公も魯もだめになる。

と、おもう達は、曹劌を宮中へつれてくるのではなかったか、とわずかに悔《く》やんだが、そんな小さな感情にこだわっていられないほど、事態は切迫している。すぐにでも治兵《ちへい》をおこなっておかないと、斉軍を邀撃《ようげき》できない。

長勺へ使者は走った。

長勺の邑をおさめる長勺氏は古格をもった家柄である。周王朝がひらかれたあと、周公・旦《たん》の長子である伯禽《はくきん》は、魯《ろ》の国を樹《た》てるために、商《しょう》の豪族で周に降伏した六族をひきいて曲阜《きょくふ》にきた。その六族のなかに長勺氏がいた。

魯公・同《どう》は長勺の君主に出迎えられて、邑内にはいり、斉軍の動向についての報告をうけた。すでに斉軍は臨淄を出発し、まっすぐこちらにむかっているという。

——曹子の言にあやまりはなかったな。

と、同は満足した。これだけの余裕をもって戦いにのぞむことは、これがはじめてであるといってよい。これまで戦いのさしずは慶父《けいほ》にまかせてきた。が、邑をでた同は、布陣さえもみずからおこなった。

そのすばやさに、慶父はおどろくというより怪《あや》しみ、

「君公は、まるで長勺にきたことがあるようだ」

と、弟の牙《が》にいった。慶父と牙とはおなじ母からうまれた。そのせいであろう、ふたりは馬が合う。

「智慧《ちえ》袋があるのですよ」

牙は小耳にはさんだことを、兄に語《つ》げた。慶父は眉を逆立《さかだ》て、

「なんだと。——どこの馬の骨ともわからぬやつに、魯の武運をあずけられようか」

と、吐きすて、同のいる本陣へ詰問にむかおうとした。牙は掣《せい》し、

「やりたいように、やらせてみればよい。負ければ君公は、やはり戦事については慶父にまかせるべきであったと、思い知る」

と、ささやいた。

斉軍は来た。——

斉の兵士たちの頭のなかには、

——魯人は曲阜で居竦《いすく》まっているそうな。はりあいのないことよ。

と、いうおもいがあり、足どりには、物見遊山にでかけるような気楽さがあった。

急報が、斉の中軍にはいった。魯の軍が前途をふさぐように待機しているという。が、斉軍では将帥《しょうすい》から一兵卒にいたるまで、魯軍がでてきたことに、いぶかしいものを感じながら、

——なあに、たかが魯の弱兵だ。ひともみにもみつぶしてくれよう。

曲阜までゆく手間がはぶけたという顔であった。このとき斉軍をひきいてきたのは君主の小白ではない。おそらく高傒《こうけい》か鮑叔《ほうしゅく》であろう。斉軍は奇計をもちいなかった。

まっすぐ押して、押し破ってしまおうとする、夸矜《こきょう》の陣であった。

斉軍の先陣は無造作に前進した。魯軍の陣は静粛としている。

――なんのことはない。魯兵は恐怖で足が動かないのだ。

と、斉の中軍からはみえた。斉軍が動いたとみれば、血の気の多い慶父のひきいる旅が、飛び出してきてもよさそうなのに、慶父さえ臆病神に憑《つ》かれてしまったとみえる。哀れだが、魯軍はまもなく潰走にうつるだろう。斉の将帥は総攻撃の合図をした。

斉の中軍から太鼓の音が寒天にのぼった。

「一の太鼓」

である。自軍に鋭気を興《おこ》し、昂《たか》める音である。

兵車の上の同は、その太鼓の音を耳にして、

――おお、敵は、はやばやと突進してくるようだ。

と、目を凝《こ》らし、つぎにみずから太鼓を打とうとした。ところでむこうの太鼓の音が「呼」なら、こちらの太鼓の音は「応」である。兵気が呼応して戦闘がはじまるのである。しかし右乗の曹劌は、息をしずめたような声で、

「まだ、なりません」

と、いい、同が太鼓を打つのをとめて、耳を澄ましている。斉兵はみるみる寄せてくる。このとき、

――何故、君公は鼓《こ》を打たぬのか。

と、すべての魯兵はおもったであろう。そうおもったとき、かれらは、いままでに経験したことのない怪異な心理状態になった。ある意味では、これも呼である。ということは斉兵はそれに応じて、やはり異常な心理状態になった。斉兵の目から、魯の陣は、妙に遠くにあるように映った。両軍の兵は、常の戦闘の気息《きそく》からはずれている自分を感じはじめている。

斉の中軍から、また太鼓の音である。

「二の太鼓」

である。兵気の高揚を加速するものである。

このままだと魯軍は、まるで両腕をひろげたまま大波をかぶるように、斉軍の一撃によって顚倒《てんとう》してしまうであろう。

同はけげんな面持《おもも》ちで曹劌をみた。曹劌は首を掉《ふ》った。まだ鼓を打つな、ということである。

斉兵の鬨《とき》の声がすさまじくなり、もはやそのひとりひとりの顔さえみえそうであ

る。

魯軍は呪縛《じゅばく》されたように静まりかえっている。

「三の太鼓」

が、きこえた。曹劌はうなずき、

「よろしいでしょう」

絶妙な呼吸であった。同は吐息をぶつけるように鼓をたたいた。

恐怖を堪《た》えにたえていた魯の兵は、その鼓の音にすくわれた表情をし、つぎに吼《ほ》え、地を蹴《け》った。魯軍の兵気が奔流となり、まぢかの斉の陣を撃破し、またたくまに兵勢を逆流させた。魯の兵車が走りやすくなった。

斉軍は先陣が大崩れになったため、中陣と後陣とはそのあおりで、後退しはじめ、ついに潰走へうつった。

敗走する斉兵の背中をはじめてみた同は、躍《おど》りあがって悦び、

——敵は逃げるぞ。逐《お》え、逐え。

と、いおうとしたとき、曹劌はひらりと車から降り、地にかがんで敵の兵車の轍《わだち》をしらべ、また車にのぼると、手もたれというべき軾《しょく》に足をかけ、斉軍を遠望すると、同の右にもどり、

「よろしいでしょう」

と、いった。

魯軍は追撃にうつって大捷《たいしょう》をおさめた。

同はこれほど爽快ないくさをしたことがない。

——まるで魯の危難をみかねて、宗廟の御霊《みたま》が、使者をよこしてくれたのではないか。

と、さえ、おもわれた。それほど曹劌の出現は適切であった。

魯軍は凱旋した。さっそく同は曹劌に第一等の賞をあたえ、

「なぜ、斉軍が三の鼓を打つまで、待ったのか」

と、問うた。

「戦いと申すものは、勇気そのものです。斉兵は、はじめの鼓で勇気をふるいおこしますが、こちらが応戦しないので、第二の鼓では、その勇気は早くも衰えはじめ、第三の鼓では、勇気は竭《つ》きかかってしまったのです。一方、こちらはそのとき、はじめの鼓で、勇気が盈《み》ちます。むこうは竭き、こちらは盈つ。ゆえに勝ちました」

「そうであったか。では、予《わし》が追撃を命じようとしたとき、汝はなぜ、車から降り、

また軾にのぼったのか」

「車から降りましたわけは、敵の兵車の轍《わだち》が乱れているかどうか、しらべたのです。斉軍は、これまでの戦いぶりからわかるように、なにをたくらんでいるのかわかりません。もしあの退却が、みせかけで、わが軍を伏兵のあるところまで誘うものであるのなら、轍に乱れはないはず。轍は乱れておりましたから、敵にまず伏兵はあるまいとおもいましたが、念のため軾にのぼり、斉軍の旗をながめてみますと、その靡《なび》きははなはだしく、つまり敵兵は先を争って逃げているわけです。伏兵があれば、ああした逃げかたをいたさぬはず、ゆえに、――逐《お》ってもよろしい、と申し上げたのです」

「おお、そうであったか。まことに理にかなったものだ」

同は感心することしきりであった。

長勺の戦捷《せんしょう》で、魯は自国の防衛力の鞏固《きょうこ》を内外に喧伝《けんでん》することになり、他人《ひと》の下風に立つことをきらう魯の君主をはじめ人臣は、そろって溜飲《りゅういん》をさげた。

――魯兵弱し。

と、みていた斉の首脳部は、この敗北で、居丈高《いたけだか》な姿勢をあらため、手をかえて、魯にゆさぶりをかけることになる。

魯が一安を得たので、曹劌は帰郷を申し出た。

同は許さなかった。

「汝は、よほど君公に気にいられたようだ」

と、臧孫達にいわれた劌は、

「魯を勝たせれば、わたしの役目はおわったようにおもわれますが……」

「いや、君公はこの先、汝に兵馬をおまかせになるつもりである、と拝察している」

劌はにが笑いをした。達のいったことは、同が劌を魯の将軍にするつもりである、ということである。いくら戦乱の世であるとはいえ、一介の郷士が一足飛びに将軍になることなどは、魯という保守的な国柄では考えられない。

「笑いごとではないぞ。魯国を救ったのが汝であることは、君公をはじめ百官みな知っておる。それにな、君公はこれまで手足のごとく使える臣を持たなかった。たとえばわしのような年寄りが、君公の頭をおさえてきたからじゃ」

と、達はかるく哂《わら》い、

「が、そろそろ、魯も変わらねばならぬ。ここだけの話だが、君公は慶父さまから兵権を手もとに引き取りたいのだよ。君公の手もとというのが、汝だ」

劌は、困った、という顔をした。達はすぐに劌の心中を読んで、

「魯では未曾有《みぞう》の人事になろう。汝はおそらく、慶父さまから嫉視されよう。が、わ

しのみたところ、汝は栄達を鼻にかけるような男ではない。君公と国のために一身を捧げられる男だ。汝が、魯の宝になるのは、これからだろうよ」

達はよどみなくいって、劌を励ました。それを黙ってきいていた劌は、

――この老卿は、相当な人物だ。

と、おもった。そのおだやかな表情に、人知れぬ時の嵐の遺影をみたような気がした。

――わしも人には言えぬ嵐をくぐってゆかねばなるまい。

身震いするような決心であった。劌は目前の老卿にふかぶかと頭をさげた。

――魯軍が急に強くなったのは、どうしたわけか。

実情のつかめない斉の小白《しょうはく》は、要心深くなり、兵馬を魯にむけることをひかえていたが、もともと権道好きな君主であるから、魯と宋とが仲の悪いことに目をつけ、

――協同して、魯を攻めよう。

と、宋の君主である捷《しょう》をさそった。捷は驕溢《きょういつ》なところのある君主である。小白の誘《ゆう》脅《きょう》に惑《まど》うまでもなく出師《すいし》を承諾した。

六月、――先発した斉軍は、魯国へ侵入した。

曲阜における軍議の席で、慶父《けいほ》は曹劌《そうかい》を一瞥《いちべつ》し、

「斉軍が図々しくわが領内を通っておるぞ。斉軍を伐《う》たんのか」

と、いった。劌が発言するのをおさえるように同は、

「出れば、この邑が空《から》になる。それでは宋軍の乗ずるところとなろう」

「ほう、宋が来る――。大廟《たいびょう》の鼎《かなえ》をとりもどすつもりか」

慶父は嗤《わら》った。かつて――二十五年前に――宋では内訌《ないこう》があり、魯に内事を干渉されたくない宋の重臣は、魯公の機嫌とりに、宋の宝器である大鼎を魯に贈った。魯ではそれを周公の廟（大廟）に納めた。そのように国勢において魯はつねに宋より上にいる。武事でも魯は宋に負けたことがない。げんに、長勺で戦捷したあと、自軍の活況を悦んだ同は、みずから兵を率いて宋を侵伐している。したがって慶父のいう「宋が――」には、「あの下等国が――」の意味がこめられていて、この口ぶりはなにも慶父にかぎったことではなく、おおかたの魯人は宋人を蔑視していた。ここが魯人の悪いところだといえなくはないが、隣国にたいする国民感情というものは、なかなか変わるものではないことは中国にかぎったことではあるまい。

曹劌はちらりと臧孫達《ぞうそんたつ》をみた。というのは、慶父が口にした宋の大鼎をうけとると

き、大いに異見を吐いたのは達であったからだ。そのときの魯の君主は、同の父の允《いん》であり、達は允にむかって、

「賄賂に取った器を、祖廟にすえて、あからさまに百官にみせるなど、悪い手本をみせることになります」

と、諫《いさ》めた。が、この諫言は魯公に聴かれなかった。この話は国外にまできこえて、かえって臧孫の名が高まったことは、魯の有識者では知らぬ者はない。

いまその臧孫達は、若いころの烈しさを忘れたかのように、穏和な表情を、軍議のあいだ、たもちつづけている。

——卿《けい》の容姿をみていると、足下の戦火でさえ、どこ吹く風のようだ。

曹劌は妙なおかしみを感じた。

「籠城して戦う」

軍議は一決を得た。

曲阜は天下に自慢できる城である。東南西北の城壁をぐるりとひとめぐりすると、十一キロメートル以上あり、城壁の高さは十メートルある。門の数は十一である。ちなみに鄭《てい》の首都の城門の数は九であり、宋のそれは六であることから推して、このころ魯の曲阜城は、周王のいる成周(洛陽)をのぞけば、天下第一の規模を誇っていた

と想ってよいであろう。またのちに斉の臨淄《りんし》は七万戸をかかえる大都になるが、この時点では、とても曲阜におよばない。

曲阜に籠《こも》っているかぎり、敵のどんな大軍でも凌《しの》げよう。

斉軍は曲阜の近郊まで侵入してきて止まった。城中からそれをながめた同は、

「宋の軍を待っているようだな」

と、傍《かたわ》らの曹劌にいった。

「と申しますより、斉公が陣中にいないので、宋公に無断で攻め寄せてこれないのでございます」

「なるほど、斉軍は宋公の指令俟《ま》ちか」

そういいながら同は、

――斉はしつこい。

と、思い、小白の執念深さをみるおもいで、斉の布陣のようすを熟視していた。

宋軍の着陣はやや遅れた。もしこのとき、小白が斉軍をひきいていたのならば、宋軍の緩怠《かんたい》に腹を立てずにはいられなかったであろう。が、小白は臨淄にとどまっており、また斉が兵をだしたのは、宋を援助するという名目によるものであり、あくまで総大将は宋公であったため、斉軍のなかであがった宋公をなじる声は、宋軍にまでと

どかなかった。

宋軍の陣立はにぎやかであった。兵たちはむだ口をたたき、将の叱咤《しった》に慴憚《しょうたん》する者はすくない。まるで燕息《えんそく》であった。

――あれでも、正兵か。

と、あきれたのは斉の兵たちであったが、曲阜の城からでも宋軍の弛《たる》みはみえ、

――あれぞ、祥氛《しょうふん》。

と、観取した者がいた。大夫《たいふ》の偃《えん》である。かれは魯の公室の出であり、多少驕慢《きょうまん》なところがあったが、みるところはしっかりみていた。さっそくかれは同に面晤《めんご》し、

「出撃したい」

と、いった。宋兵がのんびりしているいまこそ、わが軍には好機であり、宋軍を破ればおのずと斉軍は引き揚げる。ぐずぐずしていればこの貴重な時が去ってしまう。兵を出すべきだ、と偃は同の坐っている席をつかまんばかりにいった。

同は曹劌から、

――絶対に城から出てはなりません。

と、いわれているだけに、この奇襲の計をしりぞけざるをえない。

偃は憤懣《ふんまん》やるかたないという表情で退出していった。偃の姿が消えたのをみとどけ

た曹劌は、するすると同に近づき、

「今夜は、甲《よろい》を脱がずにおやすみください」

と、ささやいた。

偃のあの表情ときかん気とを想いあわせると、偃は魯公の制止をふりきって、突出することは充分にありうる。ただし城を出た兵が奇襲に成功すればよいが、もしも敵に気取られて罠にはまれば、退却してくる魯兵を収容する際に、敵につけこまれて斉宋の兵までも城中にいれる危険がでてくる。したがって兵を敵陣へむかわせるのなら、味方の者にさえわからぬほどの速さで、動かさねば、奇襲は成功しないわけであるが、偃が専行すればその条件にぴったりである。

――偃の手勢は錐《きり》だ。

曹劌はそう思っている。うまく敵陣に穴があけば、城兵をつぎこんでその穴を拡大すればよく、あかなければ、偃に死んでもらうほかない。

未明――

はたして偃は手勢をひきいて南の門からひそかに出撃した。曲阜城の南壁には二つの門があり、東よりの門を雩《う》門という。その門をぬけてまっすぐ南にすすむと、雨乞いにつかう舞雩台《ぶうだい》がある。偃は敵にも味方にも死角になる雩門をえらんで城外に出たのであるが、同と曹劌とはこのとき門観に登り、上から偃の行動を目で追っていた。まだ日は昇っていないが、物の陰《かげ》は淡い紫色で、視界は良好である。

「あの白い甲が、偃であろう」

と、同がすぐにわかったように、偃の戎衣《じゅうい》は、獣の皮を白くさらした皐比《こうひ》とよばれるもので、かぶとのかわりに猛獣の頭の剝製《はくせい》が、かれの頭上にのっている。だいたいこのころの戎衣は赤が基の色であるから、偃のそれはいかにも奇抜な意匠で、貴族の奢華《しゃか》のあらわれであろう。

やわらかな感じのする六月の晨風《しんぷう》である。その風を切って魯兵の小集団は疾走してゆく。

宋と斉の兵はまだこの奇襲集団の存在に気づいていない。

曲阜の城中のほうがさきに騒がしくなった。偃が抜け駆けをしたことを、たれというこことなく知ったためである。上気した顔の慶父が門観に勢いよく登ってきて、まず、

「非計なり」

と、偃をののしった。その非計を止められなかった同に、ひとこといいたかったのであろう。が、西のほうをみた慶父の目には、宋の陣のまぢかまで迫っている偃の手

勢がうつったので、

「いまいましいが、これで捷《か》った」

と、棄《す》てるようにいって、威勢よく降りてゆき、兵を喚呼《かんこ》した。同はじりじりし、曹劌の意見をききたげにふりかえった。劌はうなずき、

「兵車はいつでも発進できます」

と、いった。宋軍の怠放は擬態ではないようで、慶父がいったように、これで捷ったという確信は、劌にもあった。

おそらく宋兵の意識のなかには、この曲阜攻めは、斉と魯との確執の副産物のようなものであるから、すべてを斉軍にやらせて見物しておればよいという気楽さがあり、自軍が魯の標的にされるとは夢にもおもっていなかった。したがって炊煙《すいえん》のむこうから突如あらわれた魯兵に仰天し、将でさえ自軍の兵を蹴倒して逃げた。

このころ曲阜の城門はひらかれ、魯兵がそこから噴出していた。

宋公は逃げた。いくら逃げても、夢からさめないような感じであった。この宋軍の混乱のなかで、ひとりだけ沈着な男がいた。宋の宰相《さいしょう》の華督《かとく》である。かれは魯軍の変貌を認識した。かつて魯軍が奇襲をかけてきたことはいちどもない。魯軍といえば、どこか陰気で、力攻めしかせず、敵が強いとみれば曲阜にこもって亀のごとくじっと

している。が、今朝あらわれた魯兵の活気はどうであろう。

——たれかが、魯兵を変えたのだ。

華督はそう推察した。かれは宋では華父《かほ》とよばれ、公室の出だが、貴地にある者としてはあくどいほどしたたかな男で、いくさぶりもまずくない。とにかく、正体のわからない魯の軍師の存在に勘づいた華督は、陣を引くにも要心し、宋公が兵車に乗るときに、

「このまま南下すると、魯の兵が伏せているかもしれません。西へ引いて、陣をお立てなおしなさったほうがよい」

と、いった。

しかし魯軍の苛烈さは、華督の予想をうわまわった。

——どこまで追ってくる気だ。

車上の宋公は何度ふりかえっても、魯の旒旗《りゅうき》が視界から消えないので、困惑した。それもそのはずで、魯公・同は曲阜を出発するときに曹劌から、もしも宋軍が総崩れになったのなら、

「逐《お》って、逐って、おいつづけなさいませ」

と、いわれていたから、追撃の手をやすめなかった。かれの頭のなかには、もはや

斉軍はなく、逃げる宋公の頭のなかにも、斉軍はなかった。

斉軍の存在こそ奇妙であった。かれらは戦場における孤児のように佇《たたず》んでいるほかない。命令をだす宋公が逃走してしまったので、動きがとれなくなった。斉軍のなかには、

——いっそ、わが軍だけで、空《から》になった曲阜を攻めよう。

と、いう者もいたが、かれらは宋軍の助勢ということで出陣してきたのであるから、単独での曲阜攻撃は斉の我欲をむきだしにしてしまう。斉公・小白は、日本でいうと幕府をひらきたがっている大名にあたり、管仲を得てからは、かれの進言を納《い》れて、おのれの貪婪《どんらん》さを世間に知らしめることを避けはじめていた。したがって斉軍の将帥《しょうすい》は、

——宋ごときと組んだのが、愚かなことであった。

そうした悔やみを胸にたたんで、兵たちに引き揚げを命じざるをえなかった。

曲阜城《きょくふ》を出た魯軍は、

——こんなに深追いしてよいのか。

と、おもわれるほど、宋の兵車の轍迹《てっせき》をたどり、ついに乗丘《じょうきゅう》の近くまできた。ここからさらに西へすすめば、すぐに曹《そう》の国である。乗丘と曲阜との距離は八十キロメートルほどである。もう西へは行けない宋軍は、乗丘に陣取って、はじめて反攻のために魯軍を頫視《ふし》した。華督は魯軍の追撃の速度がおとろえたことを見取り、

「彼我の疲れは同じです。早々に攻撃の布陣をなさるべきだ。いま攻めくだってゆけば、捷てましょう」

と、即時の反撃をつよくすすめた。ところが宋公・捷《しょう》は昏惰《こんだ》の性《たち》なのであろう、

「そうせかすものではない。わしも疲れたが、兵どもはもっと疲れておろう。休ませてやれ」

そういって、陣中で横になってしまった。

——性は易《か》うべからずか……。いたしかたない。

華督は魯軍の攻撃があるものと想定して、手勢の配備におこたりなかった。かれが太宰《たいさい》（首相）になったのは、魯の臧孫達が輔相《ほしょう》になったのとおなじ年であるから、このときすでに老齢であったが、意気はなお軒昂《けんこう》であった。

ただしかれには不安がつきまとっている。このいくさでは魯公や慶父などは怖くない。かれらの戦いぶりなら察しがつく。怖いのは、魯公をうごかしているなに者か

だ。その者が大胆にも、わが軍をここまで追ってきたのだ。それほどの者なら、こちらの軍容のゆるさを見逃すはずはない。夜がふかまるとともに、不安は濃くなった。かれは未明に起きて、宋公のもとへゆき、

「魯は必ず来ます。陣立てを早くなさいませ」

と、再度強弁した。

ねむたげな目をこすりながら、ようやく宋公はその気になり、

「よかろう、兵どもを起こせ。日が出たら魯兵を蹴散《けち》らしてくれよう」

星の輝きが失《う》せぬうちに、宋軍から炊煙の立ち昇るのを知った曹劌は、ただちにそのことを同に報《しら》せ、

「おそらく夜が明ければ、宋軍が攻めくだってまいりましょう。その前に、こちらから攻め上ってゆくべきです」

と、いった。

乗丘で兵争するという決断は宋公のほうが早かったが、始動は魯軍のほうが早かった。このわずかな差で、魯軍は勝利をおさめることになる。

地の利を得ていた宋軍は、むろんここでは逃げなかった。兵威《へいい》は魯軍がまさっていた。それだけに戦闘は激烈になった。

劇は同の車に陪乗せず、このときの君主の陪乗者は卜国という剛の者である。御者《ぎょしゃ》は県賁父《けんほんぽ》という。一方、宋公の車に陪乗していた武人は、大力の南宮長万《なんきゅうちょうまん》であり、かれの勇猛さは四隣の国々にまできこえている。宋公の自慢の臣であった。

攻めかかった魯軍のほうがたちまち劣勢になった。同は命さえ落としそうになった。宋軍に押しまくられて、馬さえ驚きをみせたため、車が大きくかたむき、かれは顚落《てんらく》し、いやというほど地表にたたきつけられた。

副車が主君の危難を救うべく馳せ寄り、車上の歂孫《せんそん》がいそいで綏《すい》（すがり綱）を垂らした。綏をたぐって車上にのぼった同は、すっかり気分を害し、

――末《すえ》なるかな卜《ぼく》や。（『礼記』）

と、あからさまにいい、車外に放り出されたことを、卜国のせいにした。

「末」

と、君主にいわれて、卜国よりも責任を感じたのは、御者の県賁父であった。かれはふりかえって、

「いまだかつて、こんなことはなかった。これほどの大失敗を犯すとは、今日は気おくれしているらしい。恥ずかしいことだ」

と、卜国にいった。卜国も君主の顚落をふせげなかったことを苦にして、

「こうなれば、宋公を生擒《いけど》りにして恥をすすごう」

二人の乗る車は敵陣のまっただ中に突っこんでゆき、かれらは奮闘したが、結局ふたりとも戦死してしまった。

魯軍は鼓行《ここう》しようとした。

が、なかなか劣勢を挽回できない。その原因のひとつが、宋軍にいる大力無双の南宮長万の存在である。魯兵のすべてが、かれ一人におびえたといってよい。

――南宮長万を倒さぬかぎり、わが方に勝ち目はあるまい。

と、みた同は、果敢にも、自分の車を宋公の車に近づけさせ、弓に矢をつがえた。この矢は金僕姑《きんぼくこ》とよばれ、飛行が正確である。同は弓矢に自信がある。手もとからはなった矢は疾走する車の上の長万にあやまたずあたった。長万はよろめいたはずみで、車から墜落した。

「見たか――」

同は一笑した。

「心得たり」

歂孫はひらりと車を降り、激痛で身をよじっている長万をやすやすと俘獲《ふかく》した。魯兵は歓声を揚げた。

宋公の車は走り去った。

このときを境に、魯軍は攻勢に転じた。長万をうしなった宋公の落胆が、宋兵につたわり、かれらは戦意を喪失した。

魯軍はまた大勝した。

南宮長万を虜囚《りょしゅう》として曲阜にかえった同は、ひとつの報告をうけた。

その報告とは、かれがはじめに乗っていた車を引いていた馬についてのものである。車上の二人はすでに亡く、馬だけが生き残った。その馬を洗っていた圉人《ぎょじん》（馬番）が、馬脚の股裏につきささっている矢の根を発見した。乗丘の戦いのとき、突如馬が驚いたのは、流れ矢にあたったからだということである。

――あの二人の罪ではなかったのだ。

と、おもった同は、一掬《きく》の涙とともに、県賁父と卜国の葬儀に悼辞《とうじ》を賜《たまわ》った。国主が「士」とよばれる最下級の貴族に悼辞をおくったのは、魯ではこれが最初である。臣下を愛する情の篤《あつ》いところが、同の美点であった。

とくに同の恵慈《けいじ》をうけたのは曹劌であったろう。かれは大夫《たいふ》となった。破格の昇進といってよい。劌が臧孫家に挨拶にゆくと、達は、

「汝が現れてから、魯軍は敗けを知らぬ。ふしぎな男じゃな」

「おそれいります」

「布の上に画いた戦図で、活《い》きた兵法が身につくとはおもわれぬが……、どうしてこうも勝てる」

「いえ、じつは、乗丘では敗けております。ただしわが君公の御脳裡には、勝敗へのこだわりがなく、おのれを信じ、臣下を信じ、兵たちを信じて、うしろへ引かなかっただけでございます」

「信ずるとは、恐ろしい力を産むものだ。だが、勝ちつづけることによって、君公が戦争ずきになってもらってはこまる。年寄りというものは、そんな心配もするものじゃ」

「重々、肝に銘じておきます」

みじんも翦々《せんせん》たるところをみせない劌という男は、よほど肝が鍛えられているとみた達は、

「そこもとは、いくさ指南だけの男ではないようだ。これからは、わが孫の辰《しん》への助言もこころがけてもらいたい」

そろそろ達は首相を辞任したいということである。

さて、その辰についてであるが、かれはつぎの年に君主を輔佐《ほさ》する重任に就《つ》く。それから六十七年間、その重責をにないつづけ、死（病死か老衰死）をもってかれはその席から降りた。魯の歴代の大臣のなかでも、辰の賢英は高顕し、ひろくながく天下に名を知られることになる。

このときも辰は同席していた。かれはさっそく、

「宋は乗丘での敗戦に懲《こ》りて、おとなしくなろうから、注意すべきは斉の動向になろう。斉についての意見をききたい」

と、いった。

「むろん斉は魯を侵《おか》すことを考えておりましょうが、宋も静黙しているだけではありますまい」

「あれほどの惨敗をしたのに、また軍旅をおこすと申すのか」

「宋としては、乗丘での戦いは、勝てたはずなので、無念の想いがひとしおであることが、その理由の一つ。宋公が南宮長万をとりかえしたいことが、もう一つの理由です」

「ひとりの寵臣のために、国民に軍役を課するとは、さても宋公は暗愚な……。となれば、斉公はそこを読んで、また出兵してくることになろう」

「そうでございましょうか。斉公はこのたびの宋公の戦いのしかたを知り、おそらく宋をあてにはしますまい。すなわち斉と宋とは、べつべつに動くとみておりますが」

「では、斉はどう出てくるのか」

その辰の問いに、劌はこたえづらい。

「斉は、見えなくなりました」

と、いうほかない。これまで斉国へは容易にはいりこめた。ところが今年から里郷のしくみがかわり、異邦人の挙動がすぐに中央へ報告されてしまう。したがって斉へおくりこんだ偵諜からはかばかしい報《しら》せがこない。

「斉ではなにがおこなわれているのだ」

達も辰も眉をひそめた。

「良く申せば改革、悪く申せば法で人民を縛ったのでございましょう」

魯人《ろひと》は昔から法治主義に反感を懐《いだ》いている。したがってのちに魯から出た思想家は、孔子《こうし》や孟子《もうし》などの儒家《じゅか》であり、商鞅《しょうおう》や韓非《かんぴ》などの法家《ほうか》がうまれる文化的土壌はこの国にない。

魯と斉の国がらのちがいを端的につたえる話が『史記』に採《と》られている。

周王朝がひらかれたあと、魯の開祖にあたる伯禽《はくきん》は、封国《ほうこく》をさずかってから三年後

に、政道を報告にかえった。そこで摂政である父の周公・旦から、

「どうしてこんなに遅れたのか」

と、問われた。伯禽がつつしんでこたえるには、

「魯の風俗を変え、礼制を革《あらた》め、服喪の期間を三年といたしました。そのために遅れたのでございます」

そう釈明した。ところが、斉の開祖にあたる太公望《たいこうぼう》のほうは、五か月で周公のもとにもどってきたので、周公はおどろき、

「どうしてこんなに速かったのか」

と、きいた。太公望は平然として、

「君臣の礼を簡単にし、斉の風俗を変えることなく、それに従って政治をいたしました」

と、報告した。両者の述職を比較した周公は、

「ああ、魯は後世、北面《ほくめん》して斉に臣事することになろう」

と、嘆息まじりにいったという。

さらに挿話がある。――『呂氏春秋《りょししゅんじゅう》』では、周公・旦が太公望にむかって、どのように国を治めるか、ときいた。すると太公望は、

「賢者を尊び、功績で人臣を抜擢する」

と、いった。それにたいして周公は、

「わたしは身内を大切にし、人臣には恩化をおこなう」

と、所見を述べた。太公望は皮肉っぽく、

「排他的な魯は、きっと他国によって領地をけずり取られ、小さくなる一方だ」

と、いったので、周公も負けずに、

「他の氏族の者を高位にすえるようでは、やがて斉は他人に乗っ取られますよ」

と、いいかえした。

伯禽はいきなり曲阜へゆき魯国をひらいたわけではなく、太公望が斉国をさずかったのは、おそらく周公・旦の歿後であったろうから、この二つの話はかなりのちに創作されたものであろうが、二国のちがいを知るおもしろさがある。ただし太公望が、斉の風俗を変えなかったことや、賢者を尊んだことは嘘で、独自の法制を人民に強《し》いたと考えたほうが事実に近い。ところで斉国が乗っ取られるのは、管仲が歴史に登場してから、三百年後である。その簒奪《さんだつ》者の先祖が、宋の南にある小国・陳《ちん》の公子として、この時点では健在であった。

斉の管仲は法家の先駆者である。かれがおこなった富国強兵の制度の内容を、隣国にいる曹劌はうかがい知ることはできなかった。

この年の冬、——斉は突如兵を発し、曲阜よりはるか東南方にある譚《たん》（郯）国を滅ぼした。譚は宋とおなじ商民族がつくった国であった。

斉の首都の臨淄《りんし》を出発して、淄水《しすい》ぞいに上り、沂水《きすい》ぞいに下ると、譚がある。なんと斉兵は二百五十キロメートルの行程を踏破した。

譚の滅亡は、魯にとってまことに気色が悪い。闇のなかから急に長い手がでて、身近にある物を、すばやくつかんでいかれたという感じである。譚に近いところに、祊《ほう》という采邑《さいゆう》をもつ魯の公室としては、急遽《きゅうきょ》、曹劌に兵をあたえて出陣させたが、劌が祊に着いたときには、すでに斉軍は譚に守備兵をいれ、風のごとく去っていた。その電光のような斉軍の未来に、

——いやな予感がする。

と、劌はおもった。

管仲の言行録ともいうべき『管子』の「七法」（兵法）に、

「風雨《ふうう》の行《こう》、飛鳥《ひちょう》の挙《きょ》」

の字句がみえる。軍とは、風雨のごとくはやく行き、飛鳥のごとく山谷を超《こ》えてゆ

くべきだというのである。このときの斉軍はまさにそれであった。ただし『管子』の「七法」の部分は戦国末期の軍学者によって書かれたらしい。

――何故、斉は譚を伐ったのか。

魯人はたれもがいぶかった。しばらくするとうわさが流れてきた。

「斉公・小白が亡命中に譚に立ち寄ったが、譚は小白を礼遇しなかった。さらに、小白が斉の国主になったとき、その賀《いわ》いに譚の君主がでむかなかった。その二つの無礼への報復である」

そのうわさを、斉は近隣の諸国へわざわざ流したふしがある。

――侵略のための口実にすぎぬ。

魯の大夫たちは口々に斉公の奸猾《かんかつ》さを批難した。この点、魯の重臣たちは時勢眼にくもりがあったというべきであろう。

なぜ斉はこの時に、はるばると譚を攻める必要があったのか。采地《さいち》をひろげたいのなら、斉の近くにも異族の国は多くあるのである。それらを攻め取ればよい。

曹劌はそれを考えた。

――魯を包囲する気であろう。

かれの思考はあくまで防衛的である。そういう飛躍のない考えかたをすることは、かれが魯の人間であるというあかしであり、また、たしかにかれの推測はあやまっていなかった。

が、譚を奪取することを小白にすすめた管仲という男は、やはり衆知を超える天才であったといわざるをえない。

つまり、こういうことである——

斉軍が譚を攻めたのは十月である。そのひと月まえに、ひとつの戦争が南方でおこった。淮水《わいすい》の北で、蔡《さい》の軍が楚《そ》の軍に敗れたのである。蔡の君主が楚の捕虜となるほどの、蔡軍の大敗であった。ただしこのころ南方の大国である楚のことは、周王を尊奉する諸国から「荊《けい》」とよばれていた。

周王朝に参朝している諸侯の国々と、南蛮の国・楚との境界線は、淮水であるといえた。その淮水をこえて、楚が北へ進出してきたことに、もっとも早く鋭く反応したのが斉であったというべきである。管仲の出身は淮水に近い潁上《えいじょう》というところであり、当然、蔡については詳しく知っており、また楚については、うすうすそのぶきみさは感じていたであろう。

——斉が中心となり、周連邦は結束して、楚の進出を阻止すべきだ。

と、考える管仲は、

「もしも、荊が東北に上ってくることがあるとすれば――」

と、小白に説明したことであろう。

楚が東北にむかって軍を発すれば、必ず彭《ほう》（徐州）に出る。彭で西にむきをかえれば、蕭《しょう》という小国があり、東にむきをかえれば、譚《たん》があり、直進すれば、魯の曲阜に至る。したがって譚に自国の兵をいれた斉の真のねらいは、楚との攻防を想定した拠点づくりである。事実、蕭の国はのちに楚によって亡ぼされてしまうのであるから、斉のうった手は早すぎたとはいえない。なおかつ、この一手は、斉の朝廷になんの会釈もしめさない魯を、迷わせおびやかす妙手であったといえる。

「魯とは、文字どおり、魯《にぶ》い国であることよ」

と、小白は哂《わら》ったにちがいない。

――魯の東南の方にあらわれた斉軍が、つぎにあらわれるとしたら、正反対の西北の方であろう。

はかばかしい復命のできなかった曹劌は、闘いをみすえるような目つきで、小白と管仲の方略を予見しようとしていた。

乗丘でさんざんな目にあった宋公・捷は、怨憤《えんぷん》がしずまらず、つぎの年の五月に魯に攻めこんだ。

「それに呼応して、斉軍がわが国に伐ちいってくることはありません」

曹劌にそういわれた魯公・同は、すみやかに兵をひきいて曲阜を発した。宋軍は郚《し》というところを決戦場にえらんだ。

――やあ、またしても宋の陣は紓《ゆる》いことである。

すっかり戦場での気息をおぼえた同は、いきなり、

「かかれや――」

と、鼓譟《こそう》させ、宋軍に攻めかかった。

にぶいといえば、宋公と宋軍がそうであろう。陣立ての緩慢さはあいかわらずであり、魯軍の速攻に、またたくまに破却された。敗走する宋兵をみても、劌は、

「逐《お》ったところで、何の益もありません」

と、いって、同の帰還をうながした。帰途の同は上機嫌で、

「汝の言は、肯綮《こうけい》に中《あた》る」

と、劌を称《ほ》めた。辰も劌に、

「宋公の暗愚もこれであきらかになった。宋の室《いえ》も先がみえたな」

と、宋にたいして酷烈なことをいった。

翽はだまって会釈をかえしただけであった。

踏んだり蹴ったりとは宋のことをいうのだろう。秋になって洪水に襲われた。それを知った同は、宋公の心情をおもいやり、

「天地の災《わざわ》いであれば、弔《ちょう》せずばなるまい」

と、いって、辰を使者として宋公を見舞わせた。同のもつ篤恭《とくきょう》のあらわれである。宋としては、魯公の代理であるこの若い輔相にたいして、最大限に気をつかい、宋公は精根が尽きかけたような表情をかくそうとしなかった。このとき宋公は自分のことを、

「孤《こ》」

と、いった。孤とはみなしごのことである。君主がみずからをいやしめた一人称でもある。博識の辰はこの一言がすっかり気にいった。

——宋公は、暗愚で亢傲《こうごう》だとおもっていたが、そうでもない。

魯にかえってきた辰は、

「国に災いがあったとき、諸侯は自分のことを孤というのが、礼である」

と、いって宋公をほめた。

あとでわかったことだが、宋公に「孤」といわせ、魯公にたいして答礼の辞をつく

ったのは、宋公の弟の御説《ぎょえつ》であった。

「あの宋公にしては、できすぎだとおもいました」

辰が嗤《わら》うと、

「公子御説は君主になれる人だよ。民を恤《うれ》える心がある」

そういった臧孫達はこの年で政治の表舞台から姿を消した。ついでながら、達の褒《ほう》詞《し》はまた予言でもあったのだろう、公子御説は兄の捷《しょう》の死後に宋の国主となる。

それはそれとして、宋国へ行った辰は、宋公から哀願されたことがあった。それは、

――南宮《なんきゅう》長万《ちょうまん》を返してくだされよ。

と、いうことであった。宋公にさっぱり元気のないのは、気にいりの長万が傍らにいないせいでもあるらしい。太宰の華督からも、よしなに、――と懇切にたのまれた。復命したとき、辰はそのことをいった。

「宋公はよほどかの者を敬愛していたようです」

「さようか」

と、一考した同は、不憫《ふびん》よな、とつぶやき、

「難儀つづきの宋公の胸を晴らしてやりたい。長万を送り還してやろう」

と、いった。

南宮長万は宋へもどされた。

この温情がじつに悲惨な事件へ発展してゆくとは、たれが予想できたろう。

宋室の悲劇は、宋公の吐いたことばからはじまった。南宮長万をむかえた宋公は、すっかり気分がほぐれて、軽い冗談を長万にあびせた。

「以前わしは、そなたを尊敬していたが、乗丘での戦いぶりはなんぞや。いまや魯の囚人に、尊敬をはらえぬのが道理ではないか」

長万は誇り高い武人である。魯にとらわれていたときも、魯公からは鄭重にあつかわれた。

——魯公は勇者を知る。

その点でも、魯における幽閉生活は不快でなかった。ところが宋にかえってきた途端、この謔浪《ぎゃくろう》である。

——生まれてこのかた、かほどの軽辱《けいじょく》をうけたことはない。

長万は堪えがたいものを感じた。かれにとっての不幸は、魯公を知ったということかもしれない。あの公の質実剛健から、わが公ははるかにへだたっている。やるせない実感であった。

——こんな軽佻浮薄《けいちょうふはく》な君公に仕えなければならぬのか。

長万は武人としては不運というべきであった。ただしかれは宋にもどってから、右乗から大夫に格上げされた。宋公が長万の機嫌をとったのである。だが長万の沈愁はつづいた。

かれのそうした感情の曲折を理解できないまま宋公は、つぎの年の秋（八月）に、蒙沢《もうたく》とよばれる田猟地へ遊びにでかけた。女づれの行楽である。そこで宋公は、女たちを左右にはべらせて、長万を相手に博奕《ばくえき》に興じた。

——狩りをするならともかく、……この婧嫚《だまん》はなさけない。

と、おもった長万は、妾婦《しょうふ》たちを睨《にら》みつけながら、

「魯公は淑《よ》い」

と、いった。魯公は女にだらしないところがない、ほかにも魯公の善《よ》さをみならうべきだ。天下の諸侯が常君として仰げるのは、魯公のほかにありますまい、と長万は強い口調でいった。

魯公を称《ほ》めるついでに、おのれの色荒《しきこう》をけなされた宋公はおもしろくなく、傍らの愛妾をふりかえって見て、顔を寄せ、

「こやつは、捕虜になった男よ」

と、いった。その声が長万にきこえた。長万が怒気をあらわしたので、――主《あるじ》にむかって、何だ、その顔は、……とおもう宋公は、臣下の古傷をなぶるように、

「汝は魯の捕虜となった。魯公を称めるのはそのせいだ」

そのことばのおわらないうちに、長万の手は博奕の盤をつかんでいた。かれは怒りにまかせて宋公を殴りつけた。かっと血を吐いた宋公は、即死であった。盤が頸骨《けいこつ》をくだいていた。妾婦たちはこの惨状に気絶した。

一瞬呆然《ぼうぜん》とした長万であったが、つぎの瞬間、肚を据えた。

――こうなったら宋室を存分にしてやろう。

手勢をひきいて首都へ急行した長万は、たまたま凶報をきいて公門へ駆けつけてきた大夫の仇牧《きゆうぼく》と遇《あ》った。仇牧は剣を手にして長万をののしった。

――やかましい。

長万は一撃で仇牧を殴殺した。このときの仇牧の死にざまはすさまじい。長万になぐられたはずみで、歯が門の扉にめりこんだというのである。長万は宮室へむかった。東宮の西で太宰の華督《かとく》を発見したかれは、うむを言わせず華督を殺害した。奸黠《かんかつ》にたけた華督であったが、この降って湧いたような凶変をさけようがなかった。長万

の返還を求めた二人は、おのれの死を招いたことになった。おもわくどおり公室をおさえた長万は、公子の游《ゆう》をつぎの国主としてたてたあと、公子の御説《ぎょえつ》をさがさせた。御説には輿望《よぼう》がある。

——恐るべきは御説のみ。

その公子御説は首都を脱け出し、北にある亳邑《はくゆう》へ奔《はし》りこんでいた。ほかの公子たちは、一路東へ——、膝がぬけるほどはしり、蕭邑《しょうゆう》へむかっていた。

——ふん、蕭のやからに何ができる。

長万の懸念は御説の存在だけである。

「亳を攻め取り、御説を殺せ」

かれは自分の子の牛《ぎゅう》と、この謀画に加わった猛獲《もうかく》に兵をあたえ、亳を攻撃させた。が、亳は落ちない。

「亳が堪《こら》えているうちに、手をうたないと、宋は悪逆の巣になってしまう」

と、いったのは、蕭をおさめている叔大心《しゅくたいしん》という大夫である。かれは胆勇のある貴族であったが、蕭の兵だけで立つのはこころもとない。

——事情を話して、他国から兵をかりましょう。

叔大心は首都から逃げてきた公子たちと相談し、隣国の曹《そう》へ潜行した。かれのまっすぐな心情が通じたのであろう、曹が援兵をだしてくれることになった。交渉が成功すると叔大心は馳《は》せかえって、兵を挙《あ》げた。十月のことである。

亳を包囲していた南宮牛と猛獲の師旅は、蕭・曹連合の師旅と一戦して、敗れ去った。牛は戦死し、猛獲は曹よりさらに北にある衛国《えい》へ亡命した。

勢いを得た勝兵は、御説などの諸公子を奉戴《ほうたい》して、首都へ進撃し、公子游を殺して、主権を長万から奪回した。これにより正式に御説が宋の国主となったわけである。

このとき長万はどうしたかといえば、馬車を人力車につくりかえ、母を載《の》せて自分で引き、たった一日で西南方の国・陳《ちん》まで逃亡してしまった。宋の首都がある商丘から陳までは直線距離でも九十キロメートル以上ある。とても人間わざとは想われない。

しかし二人の亡命者の末路は惨絶であった。

宋におくりかえされた長万と猛獲は、宋人《そうひと》の憎しみをうけて、醢《かい》とよばれる極刑に処せられた。醢とは、人を塩づけにして邪悪な霊をよみがえらさないようにする刑である。

宋から長万送還の要請をうけた陳では、女をつかって長万に酒を呷《あお》らせ、酩酊《めいてい》したかれを犀《さい》の皮袋につつんで、宋まではこんだ。長万が途中であばれたため、その皮袋が破れ、手足だけが外に出るという奇状を呈した。中国累代の力士のなかでも、長万は一、二をあらそうものであろう。

宋の内訌《ないこう》に舌打ちしたのが斉の小白である。

——背後に迫っている虎口をしらずに、殺しあっているとは、呆れてものがいえぬ。

宋の背後の虎とは、楚のことである。小白は行人（外交官）を各国につかわして、斉の邑のひとつである北杏《ほっきょう》で、国の代表者が会合をもつように呼びかけた。北杏は濮《ぼく》水《すい》のほとりの邑で、魯、曹、衛などの国から歩いてゆけば、ほぼおなじ日数で着ける。

内乱のおさまった宋では、この招集に応じる返辞をしたものの、宋とおなじ民族でできていた譚《たん》の国を滅亡させた斉公をこころよくおもっていない。

魯はにべもなく断った。

この会合の主旨は、対楚連合の盟契《めいけい》であると告げられていても、各国は斉とその君主に疑心暗鬼で、けっきょく北杏に集合した代表者というのは、斉公をのぞけば、すべて大臣ばかりであった。ちなみに北杏の会合に出席者をだした国々というのは、斉、宋、陳、蔡、邾《ちゅ》であった。

小白のねらいは、実際に楚軍と戦った蔡の大臣の口から楚の狂暴さを語ってもらい、各代表者に楚の脅威を認識してもらうと同時に、斉の国力を誇示し、楚に対抗できるのは斉のほかにないことを実感してもらうことであった。ほかに議題としてあったのは、宋の内乱後の処理についてであるが、宋人としては、要らぬ干渉だ、とおもったであろう。

この国際会議がおわったあとに、小白は、

「魯公は若いくせに頑冥《がんめい》だな」

と、管仲にいった。北杏の会合をまったく無視した魯公にたいして、相当腹をたてた小白であった。さらに臨淄へかえってから、

「郷士あがりらしい曹なにがしかの浅智慧で、戦捷つづきの魯公は、のぼせあがったようだ。すこしにがい水を呑ませてやれ」

と、いった。

斉は兵をだした。国境を越え、汶水《ぶんすい》の北に侵攻した。小白のいやがらせである。

――やはり、来たな。

斉兵の出現は曹劌の予想した方角であった。将軍に任ぜられた劌は、斉兵の撃退にかかったが、成功しなかった。かれにとってはじめての敗戦といってよい。斉の軍備の充実と兵の質の高さが、かれの予想を超《こ》えていた。同種の戦闘が月をおいて再度あったが、これにも曹劌は敗れた。

曲阜にかえった劌をまっていたのは慶父の罵詈《ばり》であった。

かさにかかって斉軍は南下し、六月には、遂《すい》邑に至った。遂は嬀《き》姓の国であり、魯に順服している。斉軍はそこを攻めた。

――遂人《すいひと》は北杏に来なかったので、みせしめである。

と、小白はいったが、魯公へのあてこすりであることはあきらかであった。遂邑を抜かれると、曲阜の近くに戦火が迫ってくることになるので、魯としては全力を挙げて遂邑を救わねばならない。

「わしが征《ゆ》く」

慶父は当然のような顔をして言った。しかし同は、

「兵事のことは曹劌に委《まか》せてあります。卿《けい》にご足労をおかけするほどではありますまい」

と、いった。もう一人の卿である臧孫辰《ぞうそんしん》は内心にやりとした。

——君公は存外、頑固だ。

と、いう想いのほかに、同の劌への信頼の篤《あつ》さをみたおもいであった。さらに、ここで慶父に兵権をわたしてしまえば、ほとんど確立した同の主権にゆらぎがくるし、また、もしも慶父が敗れれば、魯の威信は大いに傷つく。辰にはそれがわかる。

「汝もつらかろうが、君公はもっとつらい」

辰は出陣する曹劌に声をかけた。劌は一顧し、

「命にかえても、必ず遂を救ってごらんにいれます」

と、いって、曲阜を立った。乗丘の戦いのときの風はさわやかであったが、この六月の風はなまぬるい。西北の天は曚曨《もうろう》としていた。

——わしが着くまで、遂が凌《しの》いでいてくれればよいが……。

劌は軍を急がせた。が、戦況はすでに魯に不利であった。遂邑の陥落が早すぎて、魯軍は遂邑の近くで停止せざるをえなくなった。遂邑には斉兵が入り守備につき、斉軍の影もかたちもなかった。

ふつうの行軍では、曲阜から遂邑まで、五日である。その行程を劌は二日で踏破した。にもかかわらず、わずかな日数で遂の国は滅んでしまった。

——斉公のいやがらせは、度が過ぎている。

劌は、まだ遂を救える、と考え、邑を重囲させた。が、邑内の斉兵から、

「引かぬと、遂人を殺す」

と、おどされ、劌はあっさり引き揚げを命じた。斉兵ならやりかねぬ、とおもったからである。遂邑を攻め潰すまえに、邑内の庶人が多く死ぬ。それほどまでしておのれの名誉をまもりたい気は劌にない。

――わしが一人死ねばよいことだ。

このあたりの思い切りは速い。ただし魯の威名をおとしたことはたしかであった。それもわが死によってつぐなえよう。かれは曲阜にもどり、退却の事情を報告した。

辰は憂愁をみせ、遅かったか、と独言し、目をつむった。

かつて郕《せい》を取られ、いままた遂を取られた。魯の北には斉のための軍用道路ができたようなものではないか。ある大夫はそういい、つぎに慶父の怒号があった。

「だから、わしがゆくと言ったのだ。曹劌よ、よくおめおめと帰ってきたものだ。恥を知れ」

死ぬ覚悟の曹劌には、どんな誹謗《ひぼう》も遠い声にきこえた。顔をあげなくても、主君の落胆がわかるだけに、それが心残りであった。

「卿よ、曹劌を責めてもらってはこまる。あれ以上遂人を殺すには忍びぬゆえ、軍を

引かしたのはわたしである」

　同は劌をかばい、劌にむかっては、疲れたであろう、自宅にかえってすこし休め、といった。

　――わしにとって、これが、最後のおことばである。

　と、痛感した劌は、わずかに顔をあげて、同の気色を望んだ。同の目に愛憫《あいびん》の色があらわれているようであった。みじかい間であったが、よい主君に仕えることができたことは、過望であったといわねばならない。劌の目尻のあたりに涙がたまった。うつむくと涙はひとすじ糸を引いた。

　自宅にかえった劌は、自刎《じふん》するまえに沐浴《もくよく》し、剣を抜いた。そのとき、宅内が騒がしくなり、貴人の訪問があったことをつげに室内をのぞいた家人は、剣をみて愕然《がくぜん》としつつ、

「季《き》公子さまが、おこしになりました」

　と、ふるえ声でいった。

「そうか――」

　劌は表情をうごかさず、剣をおさめると、堂へ足をはこんだ。季公子とは、君公の末弟で、名を「友《ゆう》」という。まだ十代の公子である。

「君命をお伝えにまいりました」

劇は伏拝した。

「このたびの、曹劌の軍配には、いささかの落度もなく、よって謹慎する必要はなく、また自害などはけっしてならぬ。君公はそう仰《おお》せです」

劌が返辞をしなかったので、季友は、念をおすように、

「しかとお伝えいたしました。復命のため、貴殿の剣をおあずかりし、君公におみせしたい」

と、いった。そのあと小声で、君公は曹劌が死にはせぬかと、そればかりご心配になっておられます、どうか君公の御心を安んじなさいませ、といった。

――若年ながら、まるで耆老《きろう》の心遣いだな。

劌には深く感じるところがあった。かれは季友に剣をささげながら、

「剣とともに、君公から拝借いたしました土地と人とを、お返しいたしたく存じます」

と、つつしんでいった。自尽《じじん》がゆるされないのなら、大夫であることをやめて一郷士となり、故郷へかえるにはふさわしい時機である。ところが季友は首をふり、

「お伝えはいたしかねます。というより、これは私見ですが、貴殿が謁帰《えつき》いたさね

ば、真に君公のことを意《おも》う臣はいなくなり、また斉の横暴に立ち向かえる者はいなくなりましょう。魯の大人どもは、口先ばかり威勢がよく、実戦では口ほどにもないというのが、かつての魯であったのですから、またそうなってもらいたくないとわたしは思いますし、おそらく君公も同じ意いでしょう」

じつにはきはきしたものの言いかたであった。劌はこの若々しい公子の活眼を知ったおもいがした。

——そういえば……。

劌は季友についての噂話をこのときおもいだした。

季友の出生は嘉言《かげん》にみちていたらしい。生母は陳の公女である。友が生まれるにさきだって、父の魯公・允《いん》は卜《ぼく》者（卜楚丘《ぼくそきゅう》の父）に、どういう児が生まれてくるのか、と問うた。卜者はうらなって、つぎのようにいった。「生まれてくるのは男児です。友と命名されるでしょう。君公を輔佑《ほゆう》することになりましょう。もしこの季氏が亡びるようなことになれば、魯は昌《さか》んになりません」。はたして生まれてきた児をみると、男で、手のすじが友の字にみえたので、友と名づけたという。

のちにこの公子は、祝福された予言どおりの命運をたどることになる。魯公・同の死後に、後継で争いが生じ、同の正室に通じた慶父はみずからが国主の座につこうとするが、季友はその権術をうちやぶり、同の子の「申《しん》」を国君として立て、自分は輔相となって魯を安定させた。ただし、――同の兄弟である慶父、叔牙、季友の三つの家は、父の允が桓《かん》公と諡号《しごう》されたところから、「三桓」(孟孫氏・叔孫氏・季孫氏)とよばれ、大いに栄えて、ついには公室をしのぐほどの盛彊《せいきょう》を得る。魯に生まれた孔子が、いかに三桓の威勢をけずろうかと腐心したことは、よく知られている。

遂邑《すいゆう》が陥落したあと、同は三日間肉を食膳に上げなかった。悲しみの深さをあらわしたものである。が、かれは劌の顔をみると、ほっとしたようであった。

「汝に剣を返さねばならぬ」

「しばらく、大きな兵争はございますまいから、剣は必要ではございません」

「斉はこれ以上侵略してこぬというか」

「これから、外交による強迫が烈しくなりましょうが、兵を曲阜にさしむける愚は避けましょう」

「斉公は、いったい魯に何を求めているのだ」

「それは、ただひとつ――君公を交盟の場にひきずりだし、深謝させることでございます」

「わしが、斉公に詫びる……。詫びるのは、魯の地を侵削《しんさく》した斉公のほうであろう」

同は嚬瘁《ひんすい》せざるをえない。

「おそらく斉公には、他国、とくに小国の痛みなどはわかりますまい」

「そういえば、……」

と、同はうつろに目をながし、

「遂の民は、ずいぶん斉兵に虐待されているそうな。哀れなことだ」

同には遂を救えなかった劌を誚《せ》める気はないのだろうが、そういわれれば弁解の余地はない劌は、色を失いつつ、それでも声をはげまして、

「他人《ひと》をむごく扱えば、やがてその報《むく》いをおのれがうけることになります。昔、夏王朝のころ、王宮のことを牧宮と申しました。牧とは、民を飼育するということで、いま斉の管仲がおこなっていることも、牧であり、民を畜力《ちくりょく》のごとくみなしているのです。斉の君臣は、いまは栄楽《えいらく》に安んじているかもしれませんが、後世の批難をかわすことはできますまい」

と、峻切《しゅんせつ》なことをいった。

もともと同は純情な君主だが、気の強いところもあり、すぐに気持ちをあらためた

のだろう、劌にむかって、その言や嘉《よ》し、といいつつ微笑し、

——われ、師師《しし》する有り。

と、いった。魯は斉とちがって、のっとるべき周公の教えがある、といったのである。

が、このときから数か月間が、同にとっても劌にとっても、生涯のうちでもっとも辛烈《しんれつ》なときであったろう。同は斉公から強迫しつづけられ、劌はほかの大夫から、——まだ生きておったか、というような白眼で視《み》られた。ところが劌は、秋がすぎたころ、急に表情に澄みがでた。これまで劌に同情してきた辰はその表情の変化に気づき、

「明断ありとみた。いま魯は上下ともに苦しんでいる。意中を吐露してもらいたい」

と、いった。劌はべつにかくしだてすることなく、

「意中にありますことは、斉に奪われた田《でん》や邑《ゆう》を取り返したい、それだけです」

「勝算があるのだな」

「ございます」

「これは愉快だ。してその方策はいかなるものか」

「それだけはお明かしできません。ただし君公にこうお勧《すす》めください。斉公の強要を

現状のまま、斉にわたすことを認めねばならなくなる」

「なにを申す。盟誓《めいせい》の場に出れば、斉から強奪されたものすべてを、現状のまま、斉にわたすことを認めねばならなくなる」

「いや、おそらくそうはなるまいと存じます」

「奇怪なことをいう――」

辰はそれ以上質《ただ》さなかった。


同が、魯をおとずれた斉公の使者にたいして、斉君にお盟《ちか》いいたしましょう、といったのは、それからまもなくのことである。使者から上首尾の上聞をうけた小白は、相好をくずし、

「やれやれ、魯公は手を焼かせおった」

と、手を揉んだ。指先に冷たさを覚える季節になっていた。

会場は柯《か》邑ということになった。斉の邑の一つである。さきに会盟がもたれた北杏より南にあり、ここも濮水《ぼくすい》ぞいである。

曲阜を立つまえに劌は剣の下げ渡しを同に願った。

「両国が剣をおさめるときに、汝は剣が要るという。わしは汝もわからなくなった」

同がはじめていった皮肉であった。そのあとかれの目もとに暗い孤影が差した。目
会場にむかう同は、まるで引き立てられてゆく罪人のように、愀惨《しゅうさん》としていた。目
だけに恚《いか》りが灯っていた。足もとを寒風がながれている。この風はわが身を殺《そ》いでゆ
くようだ、と同はおもった。
盟壇の上ではすでに小白が着座し、同の到来を見守っている。
——小白の勝ち誇った顔を見たくない。
そう思ったとき、同の足はとまった。背後から、翳《かげ》りのない声がきこえた。劇の声
である。同ははっとした。およそこの場にはふさわしくない透《す》き通るような声音であ
った。
——強い声だ。
と、同がおもったとき、ふしぎな落ち着きがきた。
「君公よ、なにをお考えになっておられます」
曹劌はここまできて耳語することは、壇上からこちらを視《み》ている斉の君臣の疑惑を
まねくだけだとおもい、同に軀《からだ》を寄せはしたが、首をまっすぐ立てたままいった。同
はふりかえらず、
「死んだほうがましである」

と、いった。この声はむろん盟壇の上の小白にとどかない。小白にすれば、気おくれした魯公は壇上にのぼってからの手順もわからず、臣下に問うているのであろう、くらいに内心嗤《わら》いながら想ったかもしれない。しかし劌はこのときじつに激越なことを、平然と話しはじめていた。

「では、君公は斉公にお当たりください。わたしは臣に当たります」

斉公・小白を同が押さえ、管仲を劌がふせいで、この誓盟を魯に有利な形で強引におわらせてしまおうという、劌の意想である。

――なんと乱暴な……。

とは、同はおもわなかった。

「よかろう」

同は歩をすすめ、土の階段に足をかけた。段は三つある。同は一段のぼるごとに、鼓動が高まり、顔から色がうしなわれた。小白に対座したとき、同は全身が縛られたように動けなくなった。

――これでは看破《かんぱ》される。

劌は腰をかがめて趨《はし》り、管仲がその異様さに気づいたときには、すでに劌の手にしている剣の刃先が小白の喉《のど》もとにぴたりとついていた。

小白は口を動かすことさえためらった。うごかせば、冷たい剣の刃が喉を傷つけるであろう。

管仲がすすみでてきた。かれは慎重であった。「なにをする」とでも怒鳴れば、この魯の臣はためらわず斉公の喉笛を掻き切るであろう、と直感した。それほどに曹劌にはしんと静まったすごみと殺気とがあった。

「なにを望んでおられる」

――これが、管仲か。

一瞥した劌は、この賢相とうわさされる男にたいしてさほど深い感慨はなく、

「斉ほどの大国が、小国である魯を侵すのに、度をこしておりましょう。辺邑の城壁は破壊され、魯は圧迫されております。なんとかご考慮いただきたい」

と、いった。

春秋時代で最初の覇者と称《よ》ばれる小白に、これだけ大胆な脅迫をした男は、この曹劌を措《お》いてほかにない。また、その刃先にこそ、長く苦悩してきた劌の怨念がこめられていたであろう。これはひとつに、かれの精神の明快さの表現でもあった。つまり兵馬を動かし人を殺戮して得るものと、剣一つを敵国の君主につきつけて得るものと、どれほどの違いがあろう、ということである。ある意味では、小白の覇業にたい

して、ほんのわずかな剣先が、無言ではあるが痛烈な批難をおこなったということになる。

管仲は劌から目をそらさず、

「では、なにをお求めか」

と、問うた。ここで劌は、口調だけはあいかわらずやわらかく、

――どうか汶陽《ぶんよう》の田《でん》をお返し願いたい。

そうこたえたと『春秋公羊伝《しゅんじゅうくようでん》』にはある。汶陽の田というのは、汶水の北にある魯の公室の直轄地である。のち――魯公の代がかわって――この田は季友にさげわたされることになる。

とにかく、管仲は小白を顧《かえり》みて、君公よ、許諾なさいませ、といった。小白がこの場でいったのは、

「諾《ゆる》す」

と、いうことばだけであった。ただし『史記』では、魯から奪取した地をことごとく返すことを、小白が許したとある。『史記』を書いた司馬遷は、大歴史家であることはいうまでもないが、文学の才能も豊かすぎるほどもっており、史実における人間の尊厳を重視するあまり、その人物にとって環境にあたる事象を、削除し加添もし

た。だから、この場面では、小白がそれほど気前よくおのれの所有となった田と邑とを魯に返すことによって、曹劌と小白との思い切りのよさを鮮やかに浮きあがらせようと司馬遷が創作したと考えられなくはない。それなら、このとき魯に返されたのは、汶陽の田だけである、と考えればよいかというと、そうでもないふしがある。この柯《か》の盟から三年のちに、遂邑《すいゆう》で陰惨な事件がおきる。斉の守備兵が遂人に毒を盛られ殲滅《せんめつ》させられるというものである。斉兵の虐待に堪えかねて遂人がおこなった非常手段であったかもしれないが、衝動的におこなったとすれば、斉の報復をどう想ったのであろう。こんどは自分たちが斉によって殲滅させられるのである。このとき、もしも遂人たちの頭に、

——柯の盟によって、斉は遂邑を魯に返すと約束しながら、果たさないじゃないか。

と、いう意《おも》いと憤りとがあったとすれば、その衝撃的事件は理解しやすくなる。遂人の行為は卑劣だが、主張には正当がある。このあと斉が遂邑に兵をいれたという記事はどこにもみられないから、よけいにそう想うのである。司馬遷は青年のころに、史実を踏査するために周遊している。民話や伝説の渉猟《しょうりょう》もおこなった。斉にも魯にも立ち寄っている。柯の盟における事件は、とくに魯人にとっては鮮烈であったろう

から、なんらかの形で民間に伝承されたと考えられる。それを司馬遷が知って書いたとすれば、いちがいに司馬遷の説を捨てるわけにはゆくまい。

さて、小白の許諾を得た劌は、まだ気を抜かず、

「では、盟《ちか》っていただきましょう」

と、いい、強引に小白を壇下にいざなって、牲《いけにえ》を殺し、誓盟させた。密微を失わない劌の胆力がうかがわれる。それがおわると、劌はおもむろに剣を摽《おさ》めて地におき、小白に北面する姿勢をとった。

不愉快きわまりないという表情の小白と管仲とは、ふたたび壇上にのぼることなく、この場から去った。

斉と魯の群臣が身じろぎもできぬまに終始した事件であった。

まさに曹劌の独壇場であった。

帰途、くやしくてたまらない小白は、

「あんな盟約がなんだ。あの曹とかいう大夫を殺してくれよう」

と、いった。公子糾《きゆう》のような実の兄へでも暗殺団をさしむけて亡き者にしてしまった小白のことであるから、曹劌を抹殺《まっさつ》するくらいわけはなかったであろう。が、道中

沈思《ちんし》していた管仲は、あの強要された誓盟を、逆手にとることをおもいついた。そこでかれは、

「いったんお許しになりながら、かの者を殺すのは、信義に悖《もと》ります。小利に満足すれば、諸侯の信頼という大きなものを失いましょう。あれしきのものは、くれてやることです」

と、進言した。

小白には、けたはずれの器宇《きう》の大きさがありながら、どちらかといえば縦放になりがちなところがあり、このときもその悪性が露呈しかかったが、かれのふしぎさは、管仲の言であれば、どんな精神状態のときであっても、素直に納《い》れるということであった。

臨淄にかえると、かれは侵地を魯に返還した。しかし遂のように、魯に従属していた国は魯の地とはみなさずに、そのままにしたのかもしれない。

漢代の春秋研究家としては第一人者であった董仲舒《とうちゅうじょ》は、柯の盟の前後について、かれの著である『春秋繁露《しゅんじゅうはんろ》』のなかでつぎのようにいっている。

「斉の桓公（小白）は賢相である管仲の能力を杖《たの》み、大国の資力を用いながら、位に即いて五年間、一人の諸侯も帰服させることができなかった。柯の盟において、よう

やく大信をあらわしたため、一年のうちに近国の君主がことごとく至るようになった」

的確な解説であろう。

——斉公は剣で脅されたにもかかわらず、怒りで報いず、魯に田と邑とを返したそうな。斉公とはずいぶんと寛弘《かんこう》な君主らしい。

うわさは天下を周流したことであろう。それを聞いた諸侯は、管仲のつくった清名の下の小白像に、安心感をいだいたことはたしかである。その証拠に、つぎの年に鄄《けん》(衛《えい》の地)でおこなわれた会盟には、斉公のほかに、宋、衛、鄭《てい》、単《ぜん》、の君主みずからが出席している。さらに一年後に幽《ゆう》(宋の地)でおこなわれた会盟には、斉、宋、陳、衛、鄭、許《きょ》、滑《かつ》、滕《とう》の国主が集まるほどの盛観を得た。

それらの国名をみてわかるように、魯はいずれの会にも出席していない。魯が斉と和解するのは柯の盟より八年後のことである。

斉のことはさておき、魯では、曹劌の話題でもちきりであった。

だが、慶父はどこまでも劌に反感を抱き、

「ふん、兵争では斉に勝てぬから、あの姑息《こそく》さか。——魯人の面よごしよ。まもなく嚇怒《かくど》した斉公は大軍をこの城によこすであろうよ」

と、あしざまであった。

――この卿《けい》は、自分の寸法でしか他人《ひと》をみられぬ人だ。管仲の足もとにも及ばぬ。わしは初めにこの人の家の門をくぐらなくてよかった。

劌はむしろ慶父の将来を危ぶんだくらいで、気にもしなかった。

また一人の卿である臧孫辰は、愁え顔で、

「君公を共犯にさせかねなかったときく。もってのほかのことである」

と、劌を叱り、終ったことはしかたがないが、執念深い斉公のことだから、汝は身辺をずいぶんと要心せねばなるまい、と警戒を説いた。

――命が吝《お》しくて、あんなことができるか。

劌は内心淋しい哂《わら》いをうかべた。

かれの真の理解者は、あるいは利《き》かぬ気の季友であったかもしれない。季友は劌の顔をみると、にっこり笑い、

「これほどの痛快事は、わたしの生涯でも二度とみられないでしょう」

と、邪気なくいった。

――それだけのことだ。

劌は城からの帰りに、逆風の途を歩きながら、ようやく会心の笑みをうかべた。

魯公・同は斉から奪われた地の返還をしらされて、ほっと我にかえったように、

「あのとき、斉公は蛇に睨《にら》まれた蛙のようであったが、わしは蛙まではいかず、蝌蚪《かと》のごとくであった」

と、正直な感懐をもらした。

あの場で同を襲った戦慄は、戦場でのそれとは別種のものであり、一兵卒が眼前の敵兵と対決するときのそれとやや似ているが、やはりそれともちがい、いわば侠骨《きょうこつ》の試練の場で感じられるようなものであったが、同は真の勇気を学んだ気になった。

魯公・同は早期に純明を発揮したが、晩期には淫怠《いんたい》に陰《かげ》ったといわれる。かれが薨《こう》じたのは周の恵王十五年（紀元前六六二年）で、諡号《しごう》は「荘公《そう》」である。戦いによく勝ったので荘という名を贈られたのであろう。在位三十二年は春秋時代の魯の君主として二番目に長い。

曹劌《そうかい》の名は『春秋左氏伝』の「荘公二十三年」や『国語』の「魯語」にふたたびあらわれるが、のちの消息は不明である。

君主に愛されつづけた数すくない幸せな臣であったというべきであろう。

布《ふ》衣《い》の人

暮れのこる野畦《のみち》に、ふたつの影がある。

粗衣の青年と少年とが、耒《すき》をかついだまま、立ち話をしている。背の高いほうが、

「俊《しゅん》よ、おまえの親父さんは、目が見えるのか見えないのか、いったいどっちだ」

「見えない、とおもいますが……」

といった少年の声はひくい。

「見えないにしちゃ、よくもまあ、あとからあとから、おまえの悪口をいえたもんだと感心してるんだ。また見えるなら、おまえがどんなに両親や弟につくしてやっているか、わからぬはずはないとおもうんだ」

そういわれて、俊と呼ばれた少年は、みるみる涙ぐんだ。

「いや、わるかった。だがな、わしたちはみな、おまえほどの孝行者はいないとわかっているんだ。……それにしてもひどい親父よなあ――」

この青年が同情するのも無理はなかった。

俊を生んでくれた母親はすでに亡い。いまの母親は父の後妻であり、当然俊にとって継母となるが、異常なほど口うるさい女で、かの女を母とおもいつかえることは、なみはずれた堪忍《かんにん》が要《い》った。それでもまだ俊には精神的なすくいがあった。実父からそこはかとない血のあたたかみを感じていたからである。

が、父親は唐突といってよいほど人がかわった。俊にむけるまなざしからあたたかみが消えた。後妻に子ができたことが原因である。俊がふつうの少年ならば、そのときかれの心のなかで父は死んだはずであった。ところが俊の奇妙さは、父親の態度の急変を、

——わたしの親へのつくしかたがたりないからだ。

と、孝行のいたらなさのせいにし、自分を責めることしかしらないというところにあった。

俊の父は目が不自由で、むろん仕事はできない。母にしても、盲人を世話するだけで、家事もはかばかしくできない。弟は怠惰《たいだ》である、ということで、一家の生計は俊の小さな双肩にかかっている。が、ひとりでする農耕などたかがしれたものである。おまけにこのあたりは農作には不向きな斥鹵《せきろ》である。おのずと収穫はすくなく、不作

の年など、俊は水でがまんして、両親や弟にかゆをすすらせようとした。それでも俊は父に笞《むち》でうたれた。

「きっと野にでて怠《なま》けていたのだろう。あるいは、わしらが知らぬとおもって、ひとりでうまいものを食べているのか」

というものであった。不作が二年でもつづこうものなら、あろうことか、

「息子は、わしらに土のめししかくわせぬ。あんな親不孝者は、きっと大悪人になるにちがいない。末おそろしいことじゃ」

と、妻に手をひかせ、村中に吹聴《ふいちよう》して歩いた。その噂は当然俊の耳にはいってくる。

——土のめしなぞ食べさせたことはないのに……。

俊は呆然《ぼうぜん》とし、あとはかくれて泣くしかなかった。

しかし負けん気の強いかれは悲嘆にくれてばかりはいない。反省もした。不作とは天災だけのせいなのか。農作のやり方が悪かったのではないか。いくら土質が悪いとはいえ、それに適《あ》った穀物がほかにあるのではないか。すなわち、まだ努力がたりないと、天は父母の口をかりて、わたしを叱《しか》っているのではないか、とおもい、自分で考え、試みるほかに、他人に訊《き》き、評判のよい人のやり方を見せてもらい、また山野

にわけ入って食用になりそうな草木の種をさがしたりした。そのせいでかれは植物にたいして目が肥えてきた。いや、植物にばかりではない、土と光と水とについても意識はするどくなった。それでも——。

今年も不作になりそうである。ながい旱《ひでり》で地面が割れはじめている。

——これでは、生きのこれるのは、雑草だけだろう。

俊はいまから父母の嚇《いか》る顔が目にうかぶ。いや、すでに父はまた自分の悪口をいいはじめているらしいことは、いまわかれたばかりの村の青年の話ぶりから察することができる。

——わたしが大悪人になる……。それも天の声なのだろうか。

そうおもうと俊はやるせなくなり、ついに胸が張り裂けそうになった。せめて雨でも降ってくれたらなあと願い、とても雨を降らしてくれそうもない西の気海《きかい》へむかって、あえて、

「雨よ降れ」

と、さけんでみた。

いえにかえると母が葛《くず》を煮ていた。葛から繊維をとりだして布をつくるのである。葛衣《かっい》は最下級の衣類といってよい。ところでこの母は、俊のために、それをつくって

やったためしはない。俊は自分の身につけるものは自分で織らなければならない。遊んでばかりいる弟は、とろっとしたような目をあげて、汗くさい兄をみた。

俊の願いが天に通じたわけではあるまいが、つぎの日は雨になった。ただの雨ではない。豪雨である。それもまずいことに三日もつづいた。

――黍《きび》の根が浮きあがってしまう。

俊は内心悲鳴をあげて、こんどは雨のあがるのを祈るように待った。黍は天災にも害虫にもわりあいに強い。雨のやんだ朝、田畝《でんぽ》にかけつけた俊は、さほど被害のなかったことを確認して、

――畎《みぞ》や畝《うね》をしっかりつくっておいてよかった。

と、ほっと胸を撫《な》でおろした。

三月ほどたったある日である。

羊をつれた見なれぬ一団に俊は声をかけられた。

「ここは、なんというところだ」

と、首領らしき男に、ききとりにくいことばで訊かれた俊は、農作業の手をやすめて、

「諸馮《しょひょう》でございます」

と、こたえた。

「まもなく東海か――」

と、その男が感慨ぶかげにつぶやいたのをきいた俊は、

「なんですか、その東海というのは」

と、こんどはたずねた。

俊の問いが頓狂《とんきょう》であったためか、羊飼いたちは笑いさざめいた。

「東海とは、東の晦《くら》さ、つまり闇《やみ》のことだな。そして、東海のほとりを東垂《とうすい》といって、このあたりはいわば地の果てということになる」

首領らしき男だけは、笑わず、俊にむかってさとすようにいった。それをきいた俊は、この人は偉い人らしいがどうもいっていることがよくわからない、とおもい、

「海とは、あの塩からい水ばかりのところのことでしょう」

「そうだ」

「あれはまっ黒ではありませんよ。青々と光っています。あんな明るいところはありません。それをなぜ闇だというんですか」

「おお、もっともな問いだ」

と、その男ははじめて笑い、親しさがかよったように、彼の身近にまで歩いてきたが、おや、と表情をひきしめて、

「顔をよく見せてくれぬか」

と、俊の息がかかるところまで自分の顔を寄せ、俊の目をしばらくのぞきこんでから、

「ふしぎなこともあるものだ」

といい、仲間のひとりを呼び、耳うちすると、それをききおえた男はおどろいたように目をみひらき、俊の目をおなじようにのぞきこんだ。そのうち羊飼いたちは俊をとりかこみ、かわるがわる顔を寄せてきたので、きもちが悪くなった俊は、

「なにをするんです――」

と、怒鳴った。

「いや、すまぬことをした。あまりのめずらしさに、つい他の者にもみせておきたいと思ったまでのことだ。これ、このとおり――」

と、例の首領格の男は頭をさげ、他の者を退かせた。

「ひとの顔がめずらしい、とは、ますますゆるせません。どういうわけか、いってください」

俊は身をそらしてまだ怒っている。

「めずらしい、といったのは、悪気があってのことではない。むしろめでたい、というつもりでいったのだが……」

と、その男が説明したことは、

──俊の目には瞳が二つずつある。

ということであった。「ひっ」と小さく叫んだ俊は、顔をひきつらせた。いままで俊は自分の顔というものを見たことがない。まして自分の瞳の数など知りようがなく、またそれらしきことを家族から指摘されたこともない。

──化物《ばけもの》ということではないか。

俊の頭にまっ先に浮かんだのはそのことである。しかし男はそうした俊の愁怖《しゆうふ》をはらいのけるように、

「目を四つもっているようなものだから、まさかとはおもうが、いつか四方を見なければならないような人になるかもしれぬ。もしもそうなったら、重華《ちようか》と号すがよい」

と、またむつかしいことをいった。

「ちょうか──」

俊は首をかたむけた。

「二つの光とでもいおうか。華とは光だ」

「海は闇ですか」

「帝《みかど》がおられる中華からすると、そうなる」

と、男はいったが、このことばはなぜか歯切れがわるかった。男はしばらく黙考したあと、気をとりなおしたように、

「今年の作柄《さくがら》はどうであった」

俊は眉をひそめた。黍《きび》は不作ではないといった程度のできである。

「土にしばられている者は、いつもそういう悲しげな顔をせねばならぬ。そして汝《なんじ》のようにひとりで野を耕すものと、多数で耕すものとでは、収穫にひらきができ、貧富がうまれる。どうしても人に上下ができてしまうということだな。そこでまた悲しまねばならぬ。ところでどうであろう、われらといっしょにこぬか」

と、男はことばに力をこめて、このみどころのある少年をさそった。農耕をやめて遊牧をせよといったのである。

――この人は信じてよさそうだ。

と、俊はおもっていただけに、心がゆれた。羊飼いの集団からは和気藹々《わきあいあい》としたものが感じられる。それはひびわれそうな俊の心にとって、あたたかいめぐみの雨のよ

うな存在である。——他人があつまってもあんなに仲よくやっていけるものなのか、そう心がゆれただけに、現実はさらに悲しいものであった。家族をすててひとりだけ遊牧の民になるわけにはいかない。俊は行きたいが行けぬ事情をうちあけた。

——ひとりで、ほかに三人をも養わねばならぬのか。

と、男はおどろき、

「それにしてはここの土はいかにも悪そうだ。西北へ徙《うつ》りなさい」

と、すすめた。男のいうには、ここから西北へむかってゆくと、大きい川があり、そのあたりならどんな穀物でもとれる肥えた土がある。ただしそこでこわいのは洪水で、三月まえにも大水があって、だいぶ人が死んだらしい。

ここまで男が話したとき、遠くで木をはげしくたたく音がした。それは外寇《がいこう》襲来を告げるもので、村の警報である。羊がさかんに啼《な》きはじめた。

——いけない、この人たちが見まちがわれたのだ。

と、俊は直感した。このままではこのおとなしそうな人たちは、武装した村人たちに殺されてしまうだろう。それからの俊は敏速だった。かれらを先導し羊の通れそうな間道をえらんで逃がした。

俊に感謝した男は、わかれ際に、

「西北へゆきなさい」

と、またいった。その男は親切にも、ゆくはよいが目的の川ははるかで、そこにたどりつくまでに、のたれ死ぬといけないから、食べるものがなくなったらこれを役立てなさい、と羊を一匹くれたことだった。

俊は自分の名をつげると、男は、

「汝には、また会えるかもしれぬな。わしの名は羌由《きょうゆう》だ」

と、いって去った。

俊は父を背負い、母を急《せ》き立て、弟の手をひくように、西北にあるという大河をめざして、諸馮《しょひょう》を出発した。というより、家族そろって村から逃げだした、といったほうがはやい。

なにゆえそんなあわただしいことになったのか、というと、あれから——羊飼いの一団を見送ったあと——、俊が曳《ひ》いている羊を、血走った目をした村人たちにみとがめられ、かれがその羊をもらったいきさつをいくら説明しても、

——いまどきそんな気前のよい者がいようはずはない。

と、信じてもらえず、賊の一味に通じたのではないかと、嫌疑《けんぎ》をかけられた。

そればかりではない。村人のなかでもとくに血の気の多い連中が、

「俊の父は、目のみえぬというのはうそで、息子の悪口なんぞをいいながら、じつは賊の手先となって、各戸をさぐっていたにちがいない」

「ふむ、じじいもくさいがばばあもくさい。あのふたりがかえったあとに、鶏が一羽いなくなった。きっとあいつらが掠《かす》めていったのだろう」

「そうとも。今年のように不作で、たべるものがさっぱりないときに、あの家からだけは、さかんに、ものを煮炊きする煙が、あがっていたというではないか」

「あれこそ腹黒い煙というやつだ」

などと喧々囂々《けんけんごうごう》となり、ついには、

——いっそ、今夜、かれらのいえを焼いてやろう。

と、物騒《ぶっそう》な相談がまとまったところを、たまたま立ち聞いた俊の弟が、真っ青になっていえにはしりこんできたので、

——遊んでいてくれたことが、かえって幸いした。

と、おもった俊は、毅然《きぜん》とした態度で、口汚くののしりおろおろ立ち騒ぐ父母を説《と》いて、ようやくいえと土地とをすてることを決心させ、夜陰にまぎれて村を脱出してきたというわけである。

「羊一匹のことで——」

父親はよほど腹にすえかねたのであろう、道すがら、泣かんばかりの表情をして、ふるえる手でつかんでいる杖で、俊をうった。俊はその誚責《しょうせき》をすすんでうけた。このとき、腸がちぎれんばかりのおもいをしていたのは、俊もおなじである。

——土地をすてることは、こんなにつらいものか。

自分を活《い》かしてくれたほんとうの母とはあの土であった。その母なる土とわかれてきた悲痛さが、父にうたれるたびにいやまして、地面についた両手のあいだで涙が流れつづけた。

さて、ことの発端となった羊だが、とんとこの家族の悲哀とはかかわりのない涼しげな眼をして、俊の弟に曳かれるままゆったりとついてくる。

俊の弟の名は、

「象《しょう》」

という。虎にもまけず龍のように大きい象という動物がいるそうだ、と父がきいたことで、

——象にあやかって、大きな人物になれるように。

と、後妻の腹からうまれたその子は、父母にことほがれてその名をつけられた。

が、かれはもらった名が重大すぎたのか、まるでたれかから頭をおさえつけられているように、背丈がなかなかのびない。目つきにだけは歳相応の感情がでるが、からだつきのほうは、二、三歳おいてゆかれているという感じである。その象が羊の鼻をこづきながら、

「やい、おまえのせいで、こんなめにあったんだぞ。なんとかいったらどうだ」

と、怒ってみせると、羊は笑ったようであった。

「うすきみわるいやつだ」

象が首をすくめるのを見ていた俊は、

「それをいうなら、頭のよいやつだ、とほめてやったらどうだい」

と、笑いながら羊の鼻をなでた。羊は眼を細めた。

かれらの旅は、盲人をふくんでいることゆえ、はかどらず、また、こころぼそいものであった。

「こういうところで人にあうのは、きみわるいものじゃが、どこまでいっても人にあわぬというのも、そらおそろしいものよなあ」

と、母はぶつぶつこぼしながら、

「かえっておまえさんのように、なにも見えぬほうが気が楽かもしれぬぞえ」

と、いうと、

「なにをいうか、なまじ目あきよりは、わしのほうがよく見えるものもあるわ」

と、父は白い目をむいた。

夜のうちに星をながめて方向を見定めておき、夜が明けてからは太陽の位置をたしかめつつ、たどたどしいながら、かれらは着実に西北へむかって進んでいた。

羊の背にくくりつけてある荷のなかに、食料はたっぷりある。ほとんど収穫をおえてから諸馮《しょひょう》を出てきたということは運がよかった。

聚落《しゅうらく》があった。

「これで人心地がつく」

と、みな喜びの声をあげ、ころがるようにして村の入り口についたが、この村も貧しいらしく、村人からうろんな目でみられながら、

——泊めてあげられるようなところはないが……。

と、家畜小屋をあてがわれた。そこのあまりのくささに閉口《へいこう》した一同は、げっそりしたような表情でその村をあとにしてから、

——まだほら穴をさがしたほうがましだった。

と、懲《こ》りて、つぎからはたとえ聚落があっても、安易に一夜のやどりをたのむよう

なことはしなくなった。

風がすっかり冬のつめたさにかわった。おまけに悪天候に見舞われたりすれば、かれらは骨まで鳴りそうな凍ったからだを寄せあったまま、おなじ場所から二、三日動けないこともあった。

が、俊は幸せだった。かれはこの旅ではじめて家族のあたたかさを知ったといえる。たがいにいたわり、たすけあわなければ、この苦難をのりきってゆけないのである。そこはかとなくかよいあうものがなければ、旅はできぬことである。

かれらは路に迷った。

こういうときには、羊は本能的に安全な路を知っているのかもしれないとおもった俊は、

「その頭のよい羊にきいてみたらどうだ」

と、羊をさきにやってみると、左へいった。

「よし、左だ」

俊がいうと、象は羊をひきかえさせ、

「いや、右だ」

と、いった。象は理屈をいった。

「左のほうで吹く風は、下から上へあがっている。どの木の枝もそういう形をしている。おそらく断崖になっているからだ」

「なるほど」

俊は象の主張を認め、右に路をとった。かれらは険路をくだってゆく。日がかたむきはじめた。谷懐《たにぶところ》に聚落がみえた。

「そらみろ」

象は得意そうに鼻をうごめかした。

村人たちは親切だった。かれらは四人の手をとらんばかりにして、あるいえまでつれてくると、

「このいえのもち主は、つい先日亡くなったばかりでな、空《あ》いているゆえ、一夜といわず、いく日でもいてもかまいませぬのじゃ」

といい、寒いときは火がなによりの馳走のはず、といってたのみもせぬのに柴をとどけてくれた。ゆきとどいたものであった。

「こんな良い人ばかりの村なら、旅をするのはやめにして、ずっとここに住みたいくらいのものじゃ」

と、母ははしゃぐようにいって俊を一瞥《いちべつ》した。俊はうかない顔になり、小屋をで

て、あたりをひとまわりした。

——はて。

かれは胸さわぎがした。飧《ゆうげ》どきに、どこからも炊煙《すいえん》があがっていないとは、おかしい。かれはいちど小屋にたちもどると、象をひそかに外につれだし、

「どうだ、そうはおもわないか」

と、ぬけめのない弟の意見をもとめた。

「そういわれれば、そうだなあ」

象は子どものくせに、しわの多い額《ひたい》にさらにしわをふやして、目をつりあげた。俊はまえまえから、弟が夜目のよくきくことに、気づいていた。

「ひとつだけ人があつまっているいえがある。あそこでなにがはなされているのか、日がすっかり落ちたら、さぐってきてくれ。みつかってもおまえなら、あやしまれまい」

「よしきた」

と、象は胸をたたいた。ところが日が没するや、月があかるく輝きはじめた。

——まずいな。

と、俊と象とは顔を見合わせた。が、しかたがない。象はめざすいえに忍び寄って

いった。俊が気をもむまもなく、象は匍《は》うようにかえってきて、

「こ、こ、殺される」

と、嗄《か》れた声でいった。

「なに――」

「食べられてしまう。あっちは石刀を研ぎ、湯をわかし、人を食べる仕度をしている。この小屋に住んでいた者も、あいつらに食べられたんだ」

「なんということだ」

そんなおそろしい魂胆《こんたん》で、村人たちが親切にしてくれたとは――。俊はさすがに胸がふるえた。当然俊は父母を急《せ》きたてて逃げるほかない。わけはいわなかった。四人ともに足がもつれて行歩はさっぱりはかどらない。俊は父を背負った。そのうちこの逃遁《とうとん》に気づいた村人たちが、炬火《きょか》をふりかざして追ってきた。

――ましてこの月あかりだ。逃げきれまい。

とおもうと、俊は腹から力がぬけかかった。羊がないた。

「そうだ」

俊は背から父をおろし、象にむかって、

「羊の背の食をばらまけ」

と、怒鳴るようにいった。それをきいた父母は、食がなくてどうしてこの先旅をつづけることができよう、と反対したが、俊はかまわず、

「あれはわれらを食べにくる火です」

といいながら、おどろく父母と手をだしかねている象を尻目に、荷をほどき黍や豆などを放りだした。さしあたり俊のこの機略は家族をすくった。村人たちは俊の家族がおきざりにしていった食物を発見し、群がり、しまいには争いがはじまった。炬火は四人の背後から消えた。

が、四人のゆくてには、緑はなく、獣《けもの》のかげもなく、魚も氷の下にかくされ、目にうつるのは枯木と石礫《せきれき》ばかりである。

いつ掠《かす》めたのか、象はひとにぎりの豆をもっていて、それを四人でわけて四日歩けた。かれらは餓《う》え、羊はやせた。とうとう、

——ふびんだが、この羊を殺して食べようではないか。

という話がもちあがった。

羊を食べなければ四人は死ぬ。しかし羊を食べてもまた数日すれば餓えてしまう。それならばいっそこのまま羊とともに死んだほうがましだ、と俊はおもい、

「羊を食べるくらいなら、わたしを食べてください」

と、涙をうかべて父にいった。父はさすがにいやな顔をし、

「羊でいいのじゃ。おまえの話では、こういうときのために、その、羌《きょう》なんとかという人がくれたのじゃろう。いますぐ、ここで羊を殺せ、ええいっ、なにをしておる」

と、杖をにぎったが、俊をうつだけの気力はなかった。俊はうつろな目をした。

「この親不孝ものめが――。俊がやらぬのなら、象よ、おまえやれ」

「げっ」

象はなまつばを呑みこんで羊をみた。たちすくんだ象が、母親から小刀をにぎらされたのをみた俊は、

「いや、わたしがやろう。しかし、ここではいやだ。外でやる」

と、岩窟《がんくつ》をでて、羊を曳きながら、寒風のなかを力のない足どりで歩きはじめた。むしろ俊のほうが羊に曳かれているといったほうがよいかもしれない。かれの頭のなかは朦朧《もうろう》として、地を踏んでいるという感覚はなかった。松の若木があった。根もとは盛り土になっていて、かれはそれにつっかえてころび、すべった。いちめんの氷の上にいた。

――ここで殺せということか。

俊はふとそんなことを感じ、また涙がこぼれた。その涙をぬぐって顔をあげたと

き、ようやく松の木が目にはいった。

――まてよ。

松脂《まつやに》は食べることができるのではないか、ここ一両日食いつなげば、この先で食物にぶつからぬともかぎらぬ、そうすれば羊は殺さずにすむ、と思いなおし、小刀を逆手にもち幹に刃をたてるつもりで立ちあがった。

「あっ」

と、俊はさけび、羊はないた。俊の足もとの氷がわれ、冷水に膝までつかった。そのとき水中に動くものを見た。

――魚だ。

かれは夢かとばかりによろこび、小刀でうすい氷を割り、足で砕きながら、魚を追った。手づかみがならぬとわかると、空腹や寒さなどわすれて、着ているものを脱ぎ、すくいとろうとした。よくみるとそこは、松の木のある累土《るいど》を水でぐるりととりかこむような、池であった。そのなかにいる魚が一匹どころではないとわかって、おもわず歓声をあげ、しぶきをあげて、はしりまわり、ついに二、三匹すくいあげて、ようやくわれにかえった。

魚をかかえた俊を見ていたのは羊だけではなかった。多数の目がかれをとりまいていたのである。

俊をとりかこんでいる人々が、魚の保有者であることは、きかなくてもわかる。女もいる。男のほとんどは石造りのやりとか斧《おの》とかをもっている。その猛々《たけだけ》しさにけおされながらも、俊はわるびれず、

「ぬすむつもりはなかったのです」

と、いったが、どうもこのいいわけは通りそうもないと思いかえし、

「おことわりしないで魚に手をふれたことはあやまります。罰せられて当然です。が、しばらく罰は待ってください。父母と弟とが、おなかをすかせて、わたしのかえりを洞窟でまっています。どうか――」

と、ここまでいったとき、俊の真向いに立っている長老が手をあげ、

「おまちなさい。魚をとったことを怒っているわけではない。よかったら魚はすべてさしあげよう」

と、おどろくべきことをいった。さらにおどろくべきことには、かれはふりかえり、

「みなの衆、このおかたこそ、わしがいった聖人じゃ。いまからわれらの君主にならなかった

れるお人じゃ。わかったらひざまずき配下にくわえていただけるよう、おねがいするのだ」

と、低いがよくとおる声でいった。

俊は一瞬、――こりゃ、狂人のあつまりではないか、とぞっとした。かれらがまじめに自分にたいして拝跪《はいき》するのをみて、つぎに考えたことは、この人たちは、わたしをたれかとまちがえているのだ、ということであった。

「いや、そうではない」

と、長老はいった。かれは夢を見た。夢のなかに神をみたのである。神はこうかれに告げた。――氷のわれる音をきいたら、かけつけてみよ、そこに亡君にささげる魚をとりにみえられたお人がいる、そのお人こそ汝ら一族を栄えさせてくれるお人だ、ということであった。

「亡君とおっしゃいましたね」

「さよう、われらは君主をうしなった。もうだいぶんまえから、われらが君はあの松の木の下でねむっておられる」

「ああ、あれは塚でしたか」

「ところで、われらを配下にお加えいただけようか。犬馬の労を吝《お》しまぬつもりじゃが」

　といわれても、俊には即答できることではない。それよりかれは、空腹と寒さで、気が遠くなりそうであった。

「もう、いかん」

　というと、俊はひっくりかえった。


　気がつくと俊はすっかり君主になっていた。父母も弟もいる。かれらは絹の衣服をきせられておさまりかえっている。俊は熱い粥《かゆ》をすすった。そのあとで弟の象に、

「どうなっているんだ」

　と、きいた。

「どうなっているかは、こちらでききたいよ。やつらがやってきて、わけもわからずこうなってしまったんだから」

　俊が家族になりゆきを説明すると、象はうらやましそうに、

「兄さんが君主か。ま、いいや、これまでより楽なくらしができそうだ」

　と、すっかりここに落ち着く気でいる。父母もそうであった。とくに父はいい気な

ものであった。というのは、たまたま血すじについてたずねられたとき、――わしは古昔に北方を治めていた帝王の末葉である、といった。むろん大うそである。それをきいた者は、

「やはりご尊貴なご血胤《けついん》か。長老の夢はまことであった」

と、よろこび、たちまちその話は族内で知らぬ者はなくなった。

俊はしだいにたのしまなくなり、ある日、絹の衣服を脱ぎすて、ここまで身につけてきた葛衣《かつい》に着替えて、象にむかっておなじように着替えるようにいった。象は「いやだ」と俊の手をふりはらった。

「よいか象よ。人の上に立つものは、人より早く起き、人の先にたって動き、人の倍働かねばならぬものだ。それを人より遅く起き、人のうしろにたったまま、なにも手をよごさず、人の倍食べているだけでは、なさけないとはおもわないか。わたしははじめの決心どおり、旅をつづける。ここにいたければ、いつまでもいるがよい」

と、父母にもきこえるようにいった。が、もうひとり戸口でそれをきいていた長老は、

「よくぞおっしゃった」

と、にこにこしながら室内にはいってきた。

俊は顔をあからめ、――おききのとおりです、わたしたちは旅の途中ゆえ、ここにとどまるわけにはゆきません、悪しからずみなにおつたえください、といった。

「どこへゆかれる」

「ここより西北に大河があり、そのあたりで耕作せよと、ある人にいわれてきたのです」

「おお」

と、長老は満面によろこびをあらわし、

「それこそ、われらの故地なのです。これはますますご神託《しんたく》どおりになってきましたな。いよいよ、あなたにお従いして、故地へ帰るときがきた」

といい、このまま旅立ちの仕度をふれまわりそうなあわただしさをみせた。俊はびっくりしてかれのあとを追い、

「なにも、わたしについてこなくてもよいではありませんか。ここだけの話ですが、わたしたちが帝王の子孫であるなどとは、父のつくり話なのです」

長老は歩みをとめ、ふりかえると、

「知っていますよ」

と、微笑した。

「では、なぜあなたは、こんなみすぼらしく無名なわたしを、君主にするようなことをおっしゃったのです」

「神のお告げです。これはうそではない」

「あなたがたの君主には、お身内の人はいなかったのですか」

「いた。が、すべて亡くなられた。あの洪水でな。おもいだすもいまわしいことじゃ。それでわれらはここまで逃避してきて、亡君の遺骸《いがい》を葬ったのだ」

「そうでしたか。わたしたちはさまざまな村を通ってきました。ついこのあいだはこの村人に食べられそうになりました。その村にかぎらずどこも貧しかったのに、あなたがたはそれほどでもない。これはどうしたわけでしょう」

「われらは農耕だけではなく、家畜をふやし、狩猟漁撈《ぎょろう》もできる。土を焼いて、器をつくることもできる。また桑を植えて、絹布をつくることもできる」

「それはすばらしい。ぜひともわたしに教えてください」

「いいでしょう。だが、それは故地にかえる道すがらということにしましょう。あなたは君主だ、わたしにむやみに頭をさげるようなことをしてはいけない。よろしいな」

かれらは一族あげて故地へもどることになった。彼の父母もしぶしぶ腰をあげた。

俊は葛衣のまま羊をひいて楽しそうだった。それを横目でみた象は、

——兄こそ、いい気なものだ。

と、口をとがらせた。兄がさかしらぶっている、ということである。いまに化けの皮がはがれて、やつらに殺されるにきまっている、そうなればそれまで兄にちやほやしていた者にも、おれの偉さがわかるだろう、いまにみているがいい、おれが君主になるんだ、と象は物騒な空想に自分をなぐさめながら、歩いた。

ところで大水に逃げまどい、高地でこころぼそくくらしていた人々がかなりいて、俊にひきいられた一族がにぎやかに通りかかると、——われらも従僕《じゅうぼく》にお加えねがえまいか、とつい申しこみたくなった。俊はことわることをしらない。そのため、ゆくゆく俊のまわりの人影はふくらんでいった。そして、ついに、

——黄金の蛇のようだ。

と、俊の目にうつった川が、めざしてきた川であった。みな歓声をあげ、抱きあって喜んだ。まもなく春である。

——あんなうつくしい川が、ひとたび怒れば人を殺す龍にかわるのか。

と、おもった俊は、川へ近づいたとき長老に、

「このあたりに山はありませんか」

と、きいた。長老は眉をひそめ、

「歴山《れきざん》という山がありますが、どうなさるおつもりじゃ」

「その山をみなで拓《ひら》きましょう」

せっかくの沃野《よくや》に居つかず、山に登るというのである。そのわけは、

「たしかに川の近くなら、どんなものでもよく実り、家畜もふとりましょう。けれど洪水で死んではなんにもなりません。あらかじめ山に居れば、いざ水がでたときも、おびえなくてすみましょう」

ということである。俊は少々がっかりしたような人々を説得し、歴山にむかった。

歴山の山足《さんそく》にはひろい沢があった。

——これはいい。

禽獣《きんじゅう》魚の類がみなそこにはいる。俊は歴山に登り率先して農地をひらいた。そのことをどこできさつけてきたのか、あとから歴山にのぼってくる者があり、俊はかれらに気前よく自分の農地をわけ与えた。また俊は漁撈のほうの腕もあがり、山を降りては沢で魚をとったが、やはりあとからきて魚をとりたがっている者に、雷沢《らいたく》とよばれる魚の宝庫のような沢をゆずってやった。その寛容さが近隣に噂としてひろまり、俊の一族に従属したいとねがいでる小族さえあらわれ、一年後には村ができ、二年後に

は邑《まち》になり、三年後には都《くに》になった。

つばめがくる季節になった。

俊が歴山へきて二年目のことである。ある日、かれは馬を駆《か》って遠乗りにでかけた。狩りではない。かれは禽獣を殺すことがきらいで弓矢を手にしたことはない。かれの不思議さは、かれが求めずとも、禽獣のほうから、身近に寄り集まってくることであり、石をたたき笛をふくと、まるで動物たちが踊りだすかのようで、人間以外のそうしたものたちとも遊びあえるというところにあった。人々はそういうときの俊を、

――めずらしいほど心やさしき君主。

と、おどろきをこめて語りあい、敬愛のまなざしで見た。が、風変りな君主でもあった。あいかわらず粗衣をまとい、所有している土地といえば、家族を養うに足るほどしかない。臣下よりもすくないといえた。

馬はこのあたりではめったにみかけない。はじめて長老から献上されたとき、俊は目をかがやかせ、――乗ってみたいが、これが乗らせてくれるかな、とうれしそうに馬の鼻面をなでた。

その馬が草原をはしる――。

俊は川にそってどこまでも行ってみたい気がしていた。

さて、歴山の近くに有娍氏《ゆうじゆう》が治めている国があり、その国主にふたりの娘がいた。

その日、かの女たちは侍女をつれて水浴にでかけた。じっとしていても汗ばむような日である。しばしばくる川辺で――ここらあたりでいかがでしょう、と侍女がいっても、

「今日はもっと遠くまでいってみましょう」

と、娘たちは日ごろ行ったことのない玄丘《げんきゆう》というところまで足をのばした。

「あら、ここはどこかしら」

と、姉がいうと、妹はくすくす笑い、

「禖丘《ばいきゆう》らしいわよ。お姉さまにはつみなところよ」

と、ませたことをいった。そこは子さずけの丘であり、妹が「つみ」だといったわけは、国主の長女は嫁にゆかず、祖先をお祀《まつ》りする廟《みたまや》に、処女のまま一生つかえることになっているからである。

「そのようね……」

と、姉はすずしげな微笑をみせて、着ているものを脱ぎはじめたが、妹ははっと顔

をくもらせ、

「ね、ね、怒ったの。ごめんなさい」

と、呼びかけつつ、姉のあとを追って水しぶきをあげた。侍女は川辺に腰をおろしてふたりをながめている。そのうち妹が、

「つばめが飛んでくるわ」

と、玄丘のほうを指した。姉もふりあおいだが、ふたりの面前をかすめるように、つばめは急に飛来して、また舞いあがった。と同時にふたりは顔を見合わせた。

――つばめが卵をもっていた。

と見えたからである。その卵は、ただの卵ではなかった。陽光のせいか、五色の綵《さい》章《しょう》をかがやかせているという、めずらしいものであった。それだけなら、かの女たちは水からあがらなかったかもしれない。つばめが玄丘のうえで、その卵を堕《お》とすところを、ふたりとも目撃してしまったのである。

「わっ、見たい」

と、姉妹は走りだした。侍女がおどろいてとめるのを尻目に、ふたりは玄丘をめざした。そこにのぼって、目を皿のようにして卵をさがすうちに、

「あったわ」

にある卵をみると、

と、叫んだのは姉のほうであった。妹はくやしがり、近寄ってきて、姉の掌《て》のなか

「なんだ、ふつうの卵じゃない」

と、がっかりしたようであった。それには姉も同感であったが、せっかく見つけたものをすてるのもおしく、——これ、どうしようかしら、とつぶやくのをきいた妹は、——ね、つばめの卵ってどんな味がするのかしら、食べてごらんなさいよ、とたわむれにすすめた。姉もおもしろがり、

「では、のんでみましょう」

と、卵を割り、どろりとした液体を口のなかに含んだところ、気分が悪くなった。

「すこしここでやすんでいるから、あなたさきにいっててよ」

と、姉はいい、玄丘の上で横になった。その夭々《ようよう》とした肢体《したい》を、まぶしげにながめている青年の影があった。

妹は侍女にも水にはいるようにさそい、水浴に夢中になっていたため、姉の姿が玄丘から消えたことに気がつかなかった。ふたたび姉を視界のうちにとらえたとき、女特有の勘であろうか、べつの女性を見たような感じがして、胸騒ぎがした。

姉はつぎの年に子供を生んだ。——つばめの卵をのんだからです、と姉はいった

が、その子は歴山の若き君主、俊とのあいだにできた子である。子の名を、

「契《せつ》」

という。この系統はのちに湯王《とう》を生み、商《しよう》（殷《いん》）王朝をひらくことになる。

俊にひとつの転機がめぐってきた。

帝からの使者が歴山にきたのである。俊はその使者の顔をみたとき、

「あなたでしたか」

と、なつかしげに声を揚げた。使者は羊をくれた羌由《きようゆう》である。

「やはり諸馮《しよひよう》の少年であったな」

羌由は自分の予言があたりつつあることにおどろきを覚えた。歴山の俊の名は都にもきこえ、――その者を招きたい、という帝のお声がかりで、羌由が使者に立ったというわけである。

「善《よ》いまつりごとをなされている」

と、羌由にほめられて、俊はさすがに声がうわずり、

「さようでしょうか」

「ここの民が畝《うね》をゆずりあっているあかしに、それは正しくまっすぐになっている。

漁も年下の者が目上の者に釣り場をゆずり、ひとつとしてあらそう声もない。帝の御座のあたりもそうだとよいのだが……」

と、羌由はくすぶったような表情をした。

俊はあえて、なまぐさそうな話題にはふれまいとして、

「これで羊をおかえしできます。あれには何度となく危いところをすくってもらい、わたしがこうなりましたのもあの羊のおかげです」

「いや、俊よ。わしがここへきたのは、羊をかえしてもらいにきたわけではない。ふたたびその羊をひいて、都へきてもらいたいからだ」

羌由のことばは、またしても俊の旅立ちを誘うものであった。

はやい話が、いま中央政府では諸侯の権力争いがすさまじく、驩兜《かんとう》、共工《きょうこう》、鯀《こん》などの有力者が帝位をおびやかしている。帝の味方といえばわずかに放斉《ほうせい》と羌由ばかりだが、その羌由も、帝の無力と諸侯の恣放《しほう》ぶりにつくづく愛想がつきかけていた。そうした血みどろの権力闘争の場へ、帝の与力として俊をひきだそうというのである。

「なあに、断ってもよいのだ。現にわしは帝から位をゆずるといわれたがお断りした。帝位につけば殺されることはわかりきっている」

「帝には御子《みこ》がおありにならないのですか」

「いらっしゃるよ、いや、いらっしゃったというべきか。朱《しゆ》というれっきとした後継ぎがおられたのだが、この御子は諸侯によってたかって追放されてしまった。いまは丹水《たんすい》のほとりに隠棲《いんせい》なされておる」

「それでは帝はさぞおさみしいことでございましょう」

「それもあるのか、帝は最近、気がおかしくなられることがある」

と、羌由がいうには、先日帝はいつのまにか宮室をぬけだし、気を失って郊外で仆《たお》れていた。目をあけた帝のいったことは、——朕《わし》は藐姑射《はこや》の仙人にあってきた、かの仙人の肌は氷や雪のようで、その容姿は淖約《しやくやく》として処女のようであり、穀物を口にせず風を吸い露を飲んでいるだけで、雲に乗り龍を御《ぎよ》し、四海の外に遊んでいた、というおよそ常識はずれなものであった。

「帝は藐姑射の山へゆかれたのではない、帝そのものが阿呆《あほう》や、などとかげ口をたたく者さえおる」

と、羌由は口吻《こうふん》にいきどおりをあらわしたが、それもすぐにさめて、

「わしはな、汝が都へ上ろうが上るまいが、これが最後のご奉仕になる。帝位をゆずるといわれた耳を洗って、このまま隠遁《いんとん》するつもりだ」

と、いった。羌由は羌族《きようぞく》という遊牧民族の代表者であり、かれらの思想は共産共栄

であり、個人的な名誉をいやしむところがある。かれはしみじみと、
「諸馮《しょひょう》で汝にあったとき、汝は東海とは闇ではないといったが、そのとおりじゃな。闇とは人の心のなかにあり、いま都こそがまっ暗になっている。……さて、これでいうべきことはいった。もしも、都に上るようなことがあったなら、放斉《ほうせい》どのを訪ねられたらよい。汝が帝をお輔《たす》けするようなことになったら、さぞ明るい世になろう。さらばだ、重華《ちょうか》どのよ」

羌由のいったとおり、俊は以後ついに、この羊をくれた聖人に、遭うことはなかった。羌由の隠遁した先は箕《き》山であるといわれ、かれははるか後世、羌族が建てた国のひとつである「許《きょ》」の名がつけられて、

「許由《きょゆう》」

と、よばれることになった。

――帝のお招きだ、都へゆく。

と、俊がいいだしたときの歴山の民のおどろきはどう形容したらよいであろう。父母をはじめ全邑民が反対した。――なぜ見も知らぬ帝につくさねばならぬのか、ということである。が、俊はきかなかった。

「いや、ゆくのはわたしと父母と弟だけです。あ、それに羊もです」

と、俊がいうと、長老は、

「おとめしてもむだなら、われらもこの川をさかのぼって、都までお従《とも》いたします」

「それはいけない。せっかく栄えはじめた歴山だ。もともとわたしはかりそめの君主です。しかるべき人をお選びあって君主にたてられたらよい」

「これはおなさけない。むかしのようにわが族だけならいさしらず、いまの民は、わが君をお慕いして集まった者がほとんどなのです。それをあえて捨ててゆかれるおつもりか」

そういわれて頭をかかえた俊は、やがて、

「わが子がいる――」

と、小さな声でいった。長老には初耳で一瞬あっけにとられた。

「となりの国の有娀《ゆうじゆう》氏の長女が生んだ子がそうだ。契《せつ》というのだが、これをわたしだとおもって、みなで盛りたててやってはくれまいか」

と、俊は頭をさげた。

俊の家族は歴山を出発した。

――なんだ、うれしそうにしているのは羊ばかりじゃないか。

そういいながら傻もうれしそうだった。君主という殻《から》を脱ぎすてた気軽さが、かれの足どりを軽くさせた。

この上京にもっとも批判的なのは父であった。盲人にとって長旅がつらいということもあるが、——傻めは朝廷で高い位が欲しくて都へゆく気をおこしたのだ、と臆断した。帝をお佐《たす》けするなぞ、布衣《ふい》の身のほどしらずというものだというのである。

「都にいっても、どうせ追いかえされるだけさ」

と、象も気乗りうすで、重い足どりのまま いやいやながら大河にそってどこまでも西へむかっていった。それでも、

——帝のおわす都とはどんなところか。

一目見ておけば、話の種になるという気が象にも母にもあったが、目のみえぬ父にはそれさえなく、——おそろしや、歴山にかえりたや、とそればかりいって傻を悩ました。

かれらの目に高い城がうつった。

「あれが都ではないのかえ」

と、母はいった。傻は首をふった。それは帝都ではなく鯀《こん》伯爵の居城である宻邑《すうゆう》である。よそ者であるかれらは門衛に見とがめられた。

——邑内に入ることはならん。寝泊りは邑外だ。

と、いわれた。今夕はすこしはましなものを食べて安心してねむれるとおもっていた象はあてがはずれ、腹立ちまぎれに門衛にくってかかり、

「帝のお招きにより、都にのぼる歴山の俊一族をしらぬのか。そんな蒙《くら》い目をしているから、いつまでたっても門衛の身分から栄達しないのだわ」

と、悪態をついた。

これにはまっ赤になって門衛は怒ったが、この一癖ありそうな矮小《わいしょう》な青年がいったことが嘘か真か、いちおう話だけは上官の耳にいれることにした。それをうけた上官も半信半疑でかれらを一瞥し、かれらのうすぎたなさを鼻先で嗤《わら》ったものの、念のため、また上へ報告だけはした。こうして申報は君主の鯀の耳までとどいた。

——歴山の俊だと。

きいたような名だと鯀は思った。どんな身なりだ、と臣下に訊《き》くと、——眉毛のさがったとぼけたような男と、その弟でございましょうか、小ずるそうな青年がひとり、また頑固そうな瞽瞍《こそう》と、その妻らしい口やかましそうな女の合計四人で、いずれも粗衣をきて、武器とよべるほどのものはたずさえてはおらず、もっているのは一匹の羊だけでございます、という返答であった。

羊ときいて鯀は想い出した。そういえば羌由がかれ自身のかわりにと、帝に推挙した東方の君主の名が、俊であった。

「それだけか」

と、鯀は意外であった。俊が羌由の坐っていた席に坐るということは、貴族になるということである。ある地方の勢力を代表する者が、粗衣をきて、供回《ともまわ》りもなく、都にのぼろうとする頓狂さを笑って悪いはずはない。

——にせものであろう。

追い払え、といおうとした鯀は急に思い返して、

「よし、今夕は、わしが歴山の俊一族とやらを招待してやろう」

と、にやにやしながら命じた。かれは家老をよび、

——おまえがわしの身代りになれ。俊をからかってやろう。

と、主従がいれかわった趣向で、宴席を設け、俊の到来をまった。

俊とかれの家族とが室《へや》にはいってきたとき、待ち受けたみなは忍び笑いし、俊が上座にすわっている家老に拝礼する一瞬をたのしみにした。が、俊は次席にいる鯀にまっすぐむかい、儀容をととのえたので、すっかりその趣向はぶちこわしになり、座は白けてしまった。

――なぜ、予が君主だとわかった。

と、鯀は苦笑しつつ、俊に訊《き》いた。俊はそれにたいして、

――わたくしには瞳が四つありますゆえ。

とだけこたえたが、あとで象もおなじことを兄にきいた。

「あの鯀という君主は帝位さえも冒《おか》そうとしているときく。とすれば、主と従とをとりちがえている人だ。まさにあの席はそのあらわれだったとはおもわないか」

と、俊は気のきいたこたえをした。

一方、鯀はうまくしくんだつもりの侮謔《ぶぎゃく》を、俊に看破されておもしろくなかった。

――とぼけた面をしていながら、なかなかしたたかなやつよ、と俊を見直し、警戒する気になった。不安になった鯀は、俊のあとを追うように都へむかった。

都にはいった俊の家族は、

――これが帝都か。まるで北鄙《ほくひ》とかわらぬいなかぶりだ。

と、すくなからず失望した。さっそく俊は羌由にいわれたとおり、放斉《ほうせい》の宅をさがし訪ねた。

と、放斉はよろこんでくれた。

――あなたが孝行の名の高い俊どのか。

――なにが孝行者じゃ。

と、傻の父親はぶつぶつ口のなかでいった。

「で、帝への貢物《みつぎもの》はおもちなされたか」

放斉はごくあたりまえのことをいったのだが、諸国の君主がみやげを携《たずさ》えて入朝するものということを傻は知らなかった。傻には、自分が君主だとおもっていないところがあり、また献供について、羌由が一言もいい置いてくれなかったから、なにも知らないのもむりはなかった。

「羊なら一匹つれてきていますが……」

と、傻がいったとき、放斉はしばらくあいた口がふさがらなかった。

――これでは拝謁《はいえつ》を願いでるわけにはいかない。

と、放斉が額《ひたい》をかげらせるのを見た傻は、

「土なら焼けます。土器を作って帝に奉《たてまつ》るのはいかがでしょう」

と、いった。

「おお、それはよい。それができたとき、あなたを帝への見参に供すことにしよう」

放斉はほっとしたようだった。ところが放斉は、貢物をなにも持参せずに傻が上京したので、いま土器をつくらせていることを帝に言上すると、たいそう叱られた。

——俊はわが客ぞ。客に貢物をつくらせてなんとする。

と、帝はいった。この帝の名は、

「堯《ぎょう》」

という。放斉は話がわからないと思いつつも、あわてて、——それではさっそく行って俊に参内の仕度をさせましょう、というと帝は、——どこかに住まわせたのならしばらくそのままにしておくがよい、わしが忍んでいって俊の親孝行ぶりを見てやろう、といった。

さて、俊の朝廷での処遇をうかがいに都にのぼってきた鯀は、俊が帝に拝謁できなかったときくと、安心して国もとへかえっていった。鯀の警戒心をとく点では、放斉がおこなった俊の処置は、思いがけなく的を射ていたことになる。

俊は第二の故郷というべき歴山《れきざん》のあたりと似た地形をさがして居をかまえた。山があり沢があるところである。山はやはり歴山とよび、沢は雷沢《らいたく》とよんだ。俊の仁徳のせいであろうか、そこも一年後には村ができ、二年後には邑《まち》になり、三年後には都《くに》になった。

帝堯は微服をきて俊の国を見てまわり、

——さすがに羌由《きょうゆう》が推挙しただけのことはある。俊は、善いことは、わき目もふらずにやる君主らしい。

と、感嘆した。そこで帝はあることを決意して俊を招くことにした。そのあることとは、

——わが女《むすめ》を俊に帰嫁《きか》させよう。

と、いうことである。それをきいた放斉は、俊のゆきすぎた優遇は、諸侯の手前避けるべきだといさめたが、帝は「わしは俊の勇気にうたれたのだ。善いとおもったことは、わしも、わき目もふらず、やらずばなるまい」と、ついに俊を招待し、婚儀のこともきめてしまった。

はじめて帝に拝謁した俊は、すっかりあがってしまい、あとで帝とはどのようなおかたであったと家族からきかれても、頭のなかはまっ白で、

——日のようであったか、雲のようであったか。

と、うわ言のようにいった。

俊は土の器ばかりでなく木の器も献上した。それらを手にとってつくづくと見た帝は、

「この器をどう謂《おも》う」

と、放斉に問うた。放斉はそのみごとさを美《ほ》めた。実際かれはそれほどととのってあざやかな器物はみたことがなかった。土器は黒く染められ、木器はうるしがほどこされている。しかし帝は、

「俊にはどこといって誚《せ》めるところはないが、器用すぎるところが、あれの短所じゃな」

と、放斉とは逆の感懐をもらした。

帝堯はものぐさではないかとおもわれるくらい、無為《むい》の人である。宮室は茅葺《かやぶ》き屋根だが、その葺草《ふきくさ》を切りそろえることはせず、椽《たるき》は削らない。またいつも乗る車は赤く塗っただけで装飾はやめ、御座はふちどりのない蓆《むしろ》といったそっけなさであり、羹《あつもの》（スープ）は調味しないし、黍《きび》は精白しないものを食べる。

が、なにもしない、ということが帝堯の保身の極意であったかもしれない。なにかめざましいことをすれば、かれはたちまち諸侯に殺されたかもしれなかった。

俊の器はきちんと削られ、みがかれ、精美そのものである。帝堯はそこに俊の危うさを見た。

――帝は、ご自身のほうが、よほど危ういものを。

と、放斉は意《おも》ったが、それはおくびにもださず、足音をたてぬような細心なすばやさで、帝の女《むすめ》の下嫁《かか》をとりはからってしまった。かれは、

——あとのことはしらぬぞや。

という気であった。

俊へ帰嫁した女《むすめ》は姉妹であり、姉を「娥皇《がこう》」といい、妹を「女英《じょえい》」という。一夫一婦というのは身分の低い者のありかたで、身分の高い者の婦人は複数である。さらにいうなら、身分の低い者のつれあいは「妻」であり、身分の高い者のそれは「婦」とよばれる。

その婚姻を諸侯が知らなかったように、俊の父母も弟の象も知らなかった。

象はなまけぐせがぬけず、この日も、釣り半分遊び半分で、川べりを漫歩していたが、水音がきこえたので、本能的に身を伏せた。——なにかおもしろいことがおこる、という予感である。そのとおりであった。坡《つつみ》に立ったのは水浴をおえた娘で、だれもいないと思っているせいか、裸のままである。足もとに象の目が蛇のように光っているとは、夢にもおもわない。

ほてった肌体のうえの水滴はたちまち蒸気にかわり、娘のまわりには彩霞《さいか》がたちこめているようである。かの女の股間を占める藹々《あいあい》とした茂みに目をとめると、象は気

た。かれはそのまま泥溝《でいこう》にころがりおちた。かの女はたれかを呼びに、坡を川のほうへかけ降りていってしまったのである。

象は執念深い。口のなかの泥を吐きだし、釣竿を抛《ほう》りだして、娘のあとをつけた。娘は二人であり、そろって煌《かがや》くばかりに美しい。かの女らは俊のいる宮室へはいっていった。象はあたりにいた者をつかまえ、かの女らの素性をきいた。

――え、ご存知なかったので。兄君さまの奥方でございます。

そういわれた象は頭に血がのぼった。

「兄はわれらに黙って婦を迎えていたのです」

と、象は口をひきつらせ父母に訴えた。天下広しといえども、父母に告げずに嫁を得た男は俊くらいのものであろうよ、親孝行がきいてあきれるわ、と三人でさんざん悪口をいい、それでも腹の虫のおさまらぬかれらは、外にでて、道ゆく者にむかってきかせるように、口ぎたなく俊をののしった。それをきいた人たちは、

――あんなに君主に尽してもらっているというのに、なんという親、なんという弟であろう。

と、眉をひそめたが、俊の重臣としてはほうってはおけず、

「あの、もし――」

と、三人を物かげにつれてゆき、——奥方は帝室からお迎えになったのでございます、どうぞお静かに願いまする、帝の心証を害されるようなことを申されると、わが君ばかりかあなたがたにまで咎《とが》がおよぶやもしれません、と諭《さと》した。これで三人の悪口雑言がぴたりとやんだ。が、緘口《かんこう》はすでにおそかったというべきであろう。噂は嵩《すう》伯鯀《はくこん》の耳に激憤の種として飛びこんだ。

——わしをさし措《お》いて、帝は位を俊のような平民に譲るつもりか。

と、かれはふりあげた拳で几《き》をたたき毀《こわ》した。かれにはれっきとした帝位継承権がある。鯀は先代の帝の長子なのである。

——雑草は、はびこらぬうちに、乂《か》らねばならぬ。

と、考えた鯀は、俊の弟の貪欲《どんよく》そうな顔を想い浮かべた。——あやつを使わぬ手はあるまい、と思い立ち、さぐりをいれてみると、象の性格は、怠惰なうえに、残虐なところがあることがわかった。

——やはりな。象は我欲のためなら、肉親を殺すのは、なんともおもわぬたちらしい。

鯀は二、三人の臣下をひきつれて俊の国へ潜行した。このころ象の頭のなかは、いつか窺見《きけん》した玉肌をもつ婦人の、夭々《ようよう》とみなぎった腰間で、日夜占められていた。

——帝の女《むすめ》をふたりともはべらせるとは、君主とはうらやましいものだ。

と、かれは垂涎《すいぜん》をぬぐうのも忘れて、狂悖《きょうはい》しそうであった。その象に鯀から使いがきた。かれが邑のはずれまで出向くと、鯀本人がいたので、仰天した。

「どうだ、君主になりたくはないか」

と、鯀はいう。——なりたければ俊を殺せ、という。象は悪夢にうなされるように承諾し、鯀から俊の殺しかたをおそわった。

——これで、あの琴と倉とふたりの婦とは、いっぺんにわしのものになる。

と、象は黄色い歯をむきだして笑い、君主におさまりかえった自分の姿を空想しつつ、家へかえった。琴と倉というのは、帝堯がさきに俊が奉った器物の返礼というか、女《むすめ》の結婚の引出物というか、俊に賜与《しよ》したもので、それにはほかに葛布の衣と牛羊とがあった。

鯀はその倉に目をつけたのである。

「俊を殺せばおまえが君主になれるのかや」

と、父母は喜び、さっそく鯀のいった殺人計画を実行することにした。

「倉の屋根がこわれているようだ。塗ってくれまいか」

と、父は俊のもとへ象をはしらせた。

政務に多忙な俊だが父のたのみを断ることはできない。疑うことなく屋根にのぼった。父はほくそえみ、はしごをはずし、倉の下から火をはなった。俊は立ち昇ってくる煙火におどろいて下をみると、はしごはないし父もいない。——ああ、と天を仰いだが、天からはしごが降りてくるはずはない。かれは飛び降りることを決意し、かぶっていた笠を両手でかざし、

「ええいっ——」

と、屋根をけって飛んだ。そのとき倉が火中で傾いた。かれは地に足がとどいたときもんどり打ったものの、けがはなく火傷も負わずにすんだ。むしろ傷ついたのはかれの心のほうであったろう。

「俊め、助かりやがった」

一部始終をうかがっていた象は舌打ちした。が、俊を殺す方法はまだあるのである。つぎは、俊に井戸を掘らせておいて、生き埋めにしてしまおうというものである。井戸を掘りはじめた俊には、そうしたかれらの悪心は、見えすぎるほど見えた。

——なにゆえ、それほどまでの憎しみを、わたしはうけなければならないのであろう。

ってよい。

俊は悲しみで満ちあふれそうになる自分をもてあまして、野にでて、泣き伏すこともあった。他人から愛されても、家族から憎まれるつらさを、かれはあじわいつづけてきている。家族というものは、ぬきさしならぬひとつの宇宙を、形成しているといってよい。

井戸はできあがろうとしている。俊は万一のことを想って側に抜け穴を掘っておいた。その抜け穴を見ぬけなかった象は殺人においても怠惰であったというべきであろう。

象と母とはころあいを見はからって土を井戸のなかにおとしはじめた。——聖人ぶっている俊よ、泣け、わめけ、みぐるしくもがけ、と象は心中吼《ほ》えて、いそがしく手を動かした。俊の姿は土の下に消えた。

「やった」

象は唇をふるわせ、小おどりした。さっそく遺産の分配である。象は、

「みな、わしが考えたことだ。だからわしは俊の正室と琴とをもらう。あとの、倉からだしておいた粟《ぞく》と牛羊とはやるわい」

と、父母にいいおいて、小走って俊の宮室へのりこみ、おもむろに琴をかきならした。そこへなにごともなかったように俊がかえってきたから、

——亡霊ではないか。

と、さすがの象も拭目《しょくもく》し、おびえた。

「わ、わたしは兄さんが、井戸の底に消えてしまったと聞き、かなしくてここでふさぎこんでいたのです」

「そうか」

というなり、俊は象を抱き、

「おまえのような兄おもいはいない」

と、いった。このとき象は身ぶるいし、悪夢から醒《さ》めたような表情をした。象がしょんぼりもどってきたのを知った父母は、事情をきき、おどろくとともに、

——俊とはどこまでもしぶといやつよ。

と、憤懣《ふんまん》やるかたなく、こうなればいたしかたない、俊を酒に酔わせて殺してしまおう、と口ばしった。が、いつもならそこで調子をあわせる象は、表情が冴えず、その話に乗り気どころか、かえって尻ごみして、

「わしはいやだ。やりたければ勝手にやりなされ」

と、逃げた。

——臆病風に吹かれおって。

父は独りでも俊を刺し殺す気であった。

「今度は酒か」

俊はあきれた。かれは宮室をでるまえに、主人の身を案じるふたりの婦から薬浴汪《やくよくおう》という酔いどめの薬をわたされた。それをあらかじめ服用している俊は、いくら酒をすすめられても、酔臥《すいが》の醜態をさらすことなく、とうとうまちくたびれた父のほうが泥酔してしまった。


俊の暗殺に失敗した鯀《こん》は、衰運がめぐってきたのか、治水事業でも失敗した。かれは黄河の堤防の建設を一手にひきうけ、それを成功させて、嗣帝《してい》の地位をかためようとした。

——黄河を制する者は天下を制する。

という事理は、古代から現代まで中国に活《い》きている。

鯀の治水計画の着想には一理あった。かれは水辺の庶人に、

「河はいったいどれほどの期間に、どれほど河床があがるものか」

と、訊《き》いた。するとかれらは指をひろげ、

「二歳（年）で、これほどでございます」

と、こたえたのは、親指と人差指との爪のへだたりであった。——なんのことはない、と鯀はおもった。

「二歳もあれば、その十倍の高さの堤《つつみ》を築いてくれよう」

と、かれは豪語し、空前の人役をつかって護岸工事に奔走したが、じつはそれは鼬《いたち》ごっこであった。黄河の流れは悠久とやむことはない。河床もあがりつづけるのである。いくら堤防の高さをましてもらちのないことであった。九年かかってもかれの治水事業が完成しなかったのも当然である。

鯀は国力をつかいはたした。それを見澄ましたように帝堯はやおら立ちあがり、鯀を攻め滅ぼしてしまった。鯀が自身の死をむかえた地は羽山《うざん》の近くであった。この討伐に従軍した共工《きょうこう》は、さても帝はいぶかしきことをなさる、と首をかしげ、

「不吉なことをなさいますな。俊のごとき匹夫《ひっぷ》に天下を伝えようとする者は、いまだにきいたことがありません」

と、帝をいさめた。帝はそれにたいして、

「鯀や汝に天下を伝えては、万民がどれほど難儀をするかわからぬからだ」

といい、こんどは共工を攻めて、北の幽州《ゆうしゅう》の都で殺してしまった。

「やれ、聞いたか。俊の人殺しめが」

と、俊の父はどこまでも俊の批判者であった。帝をそそのかしていくさをおこしたのは俊にきまっておるわい、いまに驩兜《かんとう》どのも俊の毒牙にかかろうて、不憫《ふびん》なことじゃ、とかれは驩兜の追放をも予言した。

帝位をうかがった三人の有力者が、すべて滅んだのはたしかであった。

俊は朝廷の顕職につき、やがて摂政となり、帝堯が崩御《ほうぎょ》したとき、帝堯の嗣子《しし》の朱《しゅ》を丹水《たんすい》のほとりから帝位にむかえようとした。

「謙譲の美徳というべきではありませんか」

と、象が俊を褒《ほ》めると、父は横をむいて、

「腹黒いやつほど、きれいにうわべをみせようとするものさ。わしはうわべはみえんからあいつの腹黒さはよけいによく見える」

と、いった。

諸侯は朱のもとへは集まらず俊に帰服した。が、その数は堯のときより十三人減った。

「それでもすくなすぎるわい。悪人は悪人どうし集まるものだ。ぬけた十三人が正義の君主というわけじゃよ」

と、父は判定した。そういったかれは俊が帝位に即《つ》くと、帝の父ということになり、まんざらでもない顔つきになり、象が念願の君主になると、しぜんと顔がほころんだ。象は溿水《ひすい》のあたりの有庳《ゆうひ》に封ぜられたのである。それで安心したわけではあるまいが、俊の父は逝去した。

——わたしが今日こうしてあるのは父のおかげである。

と、俊は父という最大の批判者をうしなったことをかなしんだ。

象が封国へ赴くとき、俊は、

「朝貢《ちょうこう》や朝見のとき以外でも都にきてよいのだよ」

と、暗愚な弟にいいきかせた。象は勇んで封国に赴いたものの、たちまちさみしくなり、都にもどってきてしまい、俊のそばからはなれなくなった。

俊はのち首都を東の鳴条《めいじょう》に遷《うつ》し、有娀国《ゆうじゅう》からわが子の契《せつ》を招き、また羽山で死んだ鯀の子の禹《う》を挙《あ》げ、善政をおこなったが、南方に巡狩《じゅんしゅ》しているとき、蒼梧《そうご》の野で崩じた。遺体は九疑《きゅうぎ》(九嶷)山に葬られた。これは零陵《れいりょう》とよばれ、そこを守って死んでいった男がいた。俊の弟の象である。俊のふたりの婦は、俊の死をきくと、湘水《しょうすい》に身を投げた。

俊はまた舜《しゅん》とも書かれる。

甘《かん》棠《とう》の人

逞《たくま》しい眉と深い眦《まなじり》をもった精悍な男が、すっかり葉をおとして虯龍《きゆうりゆう》のような枝の多い森に、さしかかった。男は胸を衝《つ》かれたように足を止めた。前方にある枯木に首のない白骨がかかって風に鳴っている。

——いよいよ、風の邦《くに》か。

とつぶやいて、また歩きだした男の名は「望《ぼう》」という。このときから数年後に、かれは、

「太公望呂尚《たいこうぼうりよしよう》」

という尊称を周《しゆう》の邦であたえられるが、このときはまだたれにも臣従はしていない。ただし周の君主である西伯昌《せいはくしよう》の知遇をうけてはいた。周は西方の大国である。西伯昌は革命をくわだてている。望もそうであった。

望の出身である羌族《きよう》は天下に分散している。かれらはもともと遊牧民族であるか

ら、分散するのはやむをえないとはいえ、いわば侵略主義の商《しょう》によって中華の肥美《ひび》の地から駆逐《くちく》された。いまこそ積年の怨みをはらすべく、辺境へ追い払われた羌族の勢力をかきあつめ、西伯昌の周と結んで、商王（天子）のいる都へ攻めのぼろうというのである。

ところで天子に戈矛《かぼう》をむけるとなると、それはあきらかに、

「大逆」

である。が、望には正当な理由がある。

——あの商王が生きていては、天下の兆民《ちょうみん》に難儀がふりかかるばかりだ。

それである。天下の蒼生《そうせい》になりかわって、商王を抹殺する。そのあと西伯昌が天子になればよい。かれの頭のなかに革命の完成図はすでにあった。

さて、このときの商王は本名を「帝辛《しん》」といったが、「受王《じゅ》」または、

「紂王《ちゅう》」

と、通称されて、淫放《いんぽう》はなはだしく、酒池《しゅち》肉林《にくりん》の宴をおこなったことで、とくに西方では悪名高い。

——商王朝を武力で倒す。

望の考える革命はそれしかない。しかし周と羌族の連合だけで商に克《か》てるか、と考

えれば、おそらくそれは否《いな》である。羌族の指導者は穏健な思想をもつ者が多く、必然的に羌兵の戦闘能力は低い。革命軍の主軸となる周兵がいくらずばぬけた戦闘能力をもっているとはいえ、兵士の総動員数は、商のそれとくらべれば、けたちがいに寡《すく》ない。

「では、どうすれば克てるか」

そう熟思した望の脳裡にうかんできた邦がある。

「召《しょう》」

である。召の室《いえ》は、周のような新興の室とはちがい、西方では名門中の名門である。召はかつて西方の主《あるじ》であり、商王から宗主権《そうしゅけん》をあたえられていた。当然そのころ西方諸国の切り盛りは思いのままであった。ところが、やがて商王室が西方へ直接経営にのりだしてきたことで、召の立場は微妙になり、両者の嫌隙《けんげき》がはげしくなって、ついに召は商に離叛した。その後、両者には武力衝突があり、召の首邑は潰滅的打撃をあたえられたが、西南へ奔《はし》った召民族は、あいかわらず商へ頭をさげることをせず独尊の意気高らかであった。

それゆえ商人《しょうひと》がもっとも嫌畏《けんい》している邦というのが召であった。ちなみに商では西風が吹く日に不幸があると、

「召から蠱《こ》が、風に馮《の》ってやってきた」

と、信じ、人々は召の邪悪な霊を、まじないで除《はら》うことをした。召とは妖術の邦であるという迷信が、商の人々に恐怖をあたえている。望が召の国境で、いよいよ風の邦か、といったのはそういう理由があった。

「周・召・羌連合」

打倒商の構想はそれである。望はその構想を西伯昌にうちあけたが、

「召公はうべなうまいよ」

と、一笑された。人の下風《かふう》に立つことを嫌う召人《しょうひと》の特質をおもえば、たしかにそうであった。が、望はぜがひでもその連合を成立させるつもりで、独《ひと》りで召の邦に足を踏みいれたのである。

時下、召の君主は高齢で、祭政《まつりごと》はおおむね嗣君《しくん》の、

「奭《せき》」

がおこなっている。むろん少壮である。評判はすこぶるよい。あの後継なら往時喪《うしな》った召の栄えをとりもどせよう、とまでうわさされ、その明君ぶりは近隣の邦々にまでしられはじめている。

奭は内政家としてすぐれていたばかりか、外交的手腕をもっていた。とくに商の

動向には注目をおこたらず、紂王の威望がおとろえはじめているとしるや、やんわりと南方の諸国の抱きこみにかかっていた。召は第三勢力の中核である。つまりここには、商や周に服属しない国々を総監すべき朝廷があった。望は召およびその与国の兵事における潜在能力の高さを、あとで知った。

望は召公に拝謁《はいえつ》した。

高座に痩軀《そうく》をふわりとのせている上品な老人が召公であった。

――皓鶴《こうかく》のような……。

と、望はおもった。妖術の邦の頭目なら、さぞかし怪異な形相《ぎょうそう》であろう、と想っていた、その緊張がゆるんだ。召公はかなりの高齢だからお耳が聾《くら》くありはしないか、それならば、とかれは高座のかたわらをうかがった。そこには明眸をもった白晳《はくせき》の青年がすわっている。かのお人がご嗣君だな、とみきわめた望は、ひとまず安心して、心を嗣君にむけて口をひらいた。商の紂王がいかに悪業をおこなっているか、また次代の世人の幸福のために召周ひとつになって商王朝を覆墜《ふくつい》させる必要があることを、力説した。

そのあいだに召公は片頰を痙攣《けいれん》ぎみにふるわせるほかは無表情であった。望の声が聴きとれないかというと、そうではなかった。

「紂王はたしかに悪王じゃ。が、周が商を伐《う》つのは、王臣たる躬《み》で主上にたいしたてまつり矛《ほこ》をむけ、なおかつみずから王にならんとする私欲の謨《はかりごと》にほかなるまい。それでは周君の悪業は紂王をしのごう。むろん召はそのような極悪に加担するわけにはゆかぬ。無恥な妄想はやめることだ。そう召の老人がいっていたと、周君に伝えるがよい」

と、召公は疳《かん》高い口調ではっきりいって、近侍の佼童《こうどう》の肩に手をあずけ、荒い息をくりかえしつつ、退室していった。

周の君主を西伯といわず周君といったところに召公の自尊があらわれている。伯とはその地方の君主たちを総督する君主をいい、伯の称号は商王から賜予《しよ》されるが、召公は商帝国内の人事をあえて無視した。

望は拝伏するほかない。その背へ、

「望とやら、そなたは釣竿をもってわが邦へきたそうな。また、折あらば、魚のことをきかせてくれよ」

と、嗣君からさわやかな声がふりかかった。望は嗣君の好意を感じた。

——魚とはなんだ。

と、考えるまでもない。魚とは天下のことであり、召室は望の提唱を完全に拒んだわけではないことを、嗣君は示唆したのである。

望はかえっていった。

そのあと奭《せき》は、あの望という男に嵐気のようなものを感じたことを、おもいかえした。羊のようにおとなしい羌族《きょう》が、角《つの》をみがいていることさえ、奇異なことであった。早晩、戦雲が湧き、血の雨がふることはまちがいない。そのとき召はどうすべきか。——かれは父君の真意をわかっているつもりである。いま旭日昇天のごとき勢いの周に尾をふって随従《ずいじゅう》すれば、周からものねだりする犬のごとく召は扱われるであろう。時宜《じぎ》をまて、と父君は暗黙にいっている。さらに、

——周が挙兵するとすれば、それはたんに西伯昌の私怨によるものだ。

と、奭にはわかるだけに、周との提携は気乗りがしない。西伯昌の私怨とはこういうことだ。数年前に、周のめざましい隆盛をおそれた紂王は、昌を突如とらえ、牢獄へおくった。昌はそこで死に瀕したが、かろうじて脱出できた。九死に一生を得た昌の心は紂王への復讎《ふくしゅう》の炎でみちていることであろう。が、周が商に兵をむけるのなら、紂王からたまわった西伯の称号を返上してからするのが理である。いまのままなら謀叛《むほん》にすぎない。そのうえ奭のみるところでは、

「商は虎、周は狼」

のようなものである。西伯昌は寛弘ぶってはいるが紂王におとらず本質には貪欲さがある、とおもっている。もっとものぞましいことは、商と周と格闘して両者とも斃《へい》死《し》してくれることである。そうなれば、あとに、

――召の天下がくる。

と、考えたとき、奭《せき》はわずかに昂奮し、つぎにみずからの夢想を哂《わら》った。召の歴代の君主のなかでたれか一度でも天下平定を夢みたことがあるだろうか。父君の枯れ残ったような軀《からだ》のなかにある見果てぬ夢とはなんであるのか、奭はそこまで見極めたことはない。

望は再三やってきた。かれはすでに周の正式の使者であった。また、かれを応接した奭は召の君主の座に即《つ》いていた。このふたりには妙にかよいあうものがあった。望は天下を周流してきたせいで、世間をよく知っていた。望の話柄《わへい》には機智がひらめき、かといって口調は浅薄でなく、世態に関心の深い奭をおおいにうなずかせた。

奭はかねがねふしぎにおもっていることがある。望がいつも釣竿《つりざお》をもってきていることを臣下からきかされていた。その釣竿もかわっていた。そこで望へ、

「そなたの釣糸には鉤《はり》がついていないそうな。そのようなもので、これまで、なにが釣れたのか」

と、奭は微笑をふくんできいた。

「女人をつりましたな」

と、望はすましてこたえた。さらにつづけて、その女人をもって、もう一女をつるつもりですが、といった。

「ほう……」

鉤のついていない釣糸で、ふたりの女人をつりあげる、とはどういう意味か。奭はしばらく困惑ぎみに視線をあらぬところへなげかけていたが、やがて思い当たってにっこりした。望は涼しげな目をしている。女人とは、周と召とのことであろう。周室は姫《き》姓、召室は姞《きつ》姓であり、字をみてわかるように、どちらの系統も古昔には女（母系）にゆかりがふかかった。

「西伯はすでに汝の笧《びく》におさまって、つぎはこの朕《わし》というわけか」

「そのようでございます」

望はけろりと言ってのけた。

「では、汝に釣られてみよう」

と、奭は真顔にもどって言った。

望は、あっと悦び、座をおりて稽首《けいしゅ》した。

「だが、ひとつ、西伯に念をおしておきたいことがある。それは——」

と、奭がいったことは、かつて商王室が召室にたいしてそうしたように、西方の祭《さい》祀《し》権を召が掌握することを西伯昌に認めてもらいたいことであり、そうなれば召は喜んで周に助力すべく参戦することであろう、というものであった。

——難事だ。

と、望は思った。西方の祭祀権とひとくちにいっても、その権能は絶大である。つまり西方にかぎって、召は天を祀《まつ》り、周が地を治めることになるわけだが、もっとも尊貴な者だけが天を祀ることができるという、このころの理念からすれば、周がたとえ商を倒し天下をとっても、とったのはあくまで「天下」であって、西方の「天」そのものは召のものになってしまう。もっとはっきりいえば、周は戦後に東方へ移って、召と天下を二分せよ、と奭は強弁《きょうべん》しているのである。

望はまた周へ奔《はし》った。西伯昌は当然のことながら気色をそこない、それについて許諾しなかった。事態は切迫しつつある。西伯昌は強引に近隣諸国を併呑《へいどん》して、商との会戦へむけてあわただしく戦備をととのえおわろうとしていた。

――生きながらの鬼だな。

と、奭は西伯昌をそうみた。かれとしては望が明確な返答をもってこないかぎり、兵を東方へむけて動かす気はない。

訃報をもって望は召へやってきた。西伯昌が薨《こう》じたのである。まさにこれから商を伐《う》たんとした矢先の凶事であった。

「ではありますが、太子は東方へむけて出師《すいし》いたします。なにとぞお力添えのほどを……」

と、望はいった。

太子は、西伯昌（文王）が十五歳のときつくった子の「発《はつ》」のことであり、このときすでに初老であった。むろん発が周の国主になったわけだが、世間へは父君の昌が存命であることにし、即位式をおこなわなかったため、かれは国主でもなく小子《しょうし》（王子や公子）でもない微妙な立場におかれることになり、ここではじめて太子というこ とばをつかった。ちなみに、太子は商の金文では「大子」と書かれ、ときとしていわれるように、発が発明したことばでもなんでもなかろう。

周室は召公奭の提案をのんだということである。望はすでに周の軍師の地位にまで升《のぼ》っており、——召の師旅《しりょ》（軍隊）なくしては勝利はおぼつかない、といったかれのことばが、その一決に大きく働いたといえる。召公はそのへんの廟議《びょうぎ》についておおよそは推察できた。

「ついに、汝は、二女を釣ったな——」

と、召公は哺《ふく》んだような声でいった。

周召連合軍は、黄河をわたり、商都の南方の牧野《ぼくや》で商軍を撃破し、紂王を自殺においこんで、凱旋した。

革命はあざやかに成功したかにおもわれた。が、不測の事態がおこった。周召連合の最高指導者である発（武王）がせわしく崩じてしまったのである。

ところでこの発という君主は、父の西伯昌がみずからの肚裏《とり》を不透明にしていたのとはちがい、これとおもう相手にいきなり襟《えり》を披《ひら》いてしまうような磊落《らいらく》さがあり、臣下の意見をよく聴くことで、仕えるほうとしては仕えやすい君主であった。発は召公を臣下としてあつかわず、周室の祭祀のことも召公にあずけた形をとり、さらに、——召公どののご薫染《くんせん》がわが室におよんでほしいものだ、といって、わが子の養育をまかせようとした。これほどの信頼が召公にしみてこぬはずはない。

――まれにみる聖王よ。

と、召公は発をひそかに賛嘆し、周王朝のために尽力することを決意していた。

さて、周王朝としてはその経営の端緒《たんしょ》についたばかりであるのに、首座が空《から》になった。そこにすわる嗣王《しおう》はいる。発の子の「誦《しょう》」がそれだが、なにぶん幼すぎた。

そこで分割支配のはなしがもちあがった。陝《せん》（河南省陝県）より東は周公が治め、西は召公が治める、ということである。周公とは発の弟のなかで抜群の英才といわれた「旦《たん》」をいう。召公が陝より西を治めるとはいえ、実際は嗣王誦を輔弼《ほひつ》することである。それとはべつに東方支配を担当する旦には、王とおなじ権能があたえられることになる。とにかくこの方法で王朝の運営が再開されると、やがて周室のなかで周公旦の執政ぶりに疑いをもつ者がでた。

流言がある。その内容は、旦はなにごとも専断しすぎるということであり、このまゆくと、

――旦は王位を簒奪《さんだつ》するつもりではないか。

そういう疑謗《ぎぼう》である。召公にもにたような懸念はある。かれはいつのまにか周の幼い後継者を掌中にしていた。それゆえ、かれ自身のために、というより嗣王誦のために、いかなる政争にも勝ってゆかねばならない、それが武王発の遺志だ、とおもって

いた。

とはいえ周公の立場を理解できないことはない。東方の経営についていちいち周室に聴許をねがいでては、円滑を欠くため、すべて周公は独断でことをおこなっている。しかしこのままでは、東方の人心は周公旦個人へなびき、周室、とくに嗣王誦を軽んずることになりはしないか。その点について、召公は太公望に意見をもとめた。

「これは、推測にすぎませんが……」

と、太公望はまえおきし、例の流言の源が管《かん》公であったらいかがでしょう、といった。

「なるほど――」

あいかわらずこの男は鋭い、と召公は感心した。管公とは発のすぐ下の弟の「鮮《せん》」をいう。こういう非常時だから、発が死んだあと次の王位にもっとも近かったのはかれであり、たとえ王位に登れなくても、摂政は自分だとおもっていたところ、旦に機先を制されたといえる。旦を怨み、旦の失脚をねがっているのは管公鮮がもっともふさわしい。つまり周室に内訌《ないこう》がおこっているのだ。ここまで考えてくると、召公は、

――周王室の人事に深入りしすぎた。

という後悔がなくはない。こんどはどんな讒言《ざんげん》が自分についてなされるかわからな

い。それだけにかえって、夙夜《しゅくや》一身をなげうって嗣王を守護するときがきた、と召公はおもった。

数年後、管公鮮の死が東方から伝えられた。

商の遺族が東方で大規模な反乱をおこし、あろうことか鮮はその反乱の主謀にさそわれて、周に反逆したため周公旦に誅殺されたという。

——はたしてそうか。

いや、そんな真偽をたしかめているひまはない。周王朝の危機がせまっている。周公からの援軍を求める使者が矢つぎばやに周都へ来た。ところが西からも報《しら》せがきて、西方の諸族までが、東方に呼応するように、反乱をおこしたらしい。

東方の軍事については周公が統帥権をもっている。ほんらいなら周公が手もちの軍でなんとか対処すべきことであり、召公は西方へ出師すべきことであった。しかし召公は迷った。そこで太公望へ、

「魚が腐りかかってきた。そこもとならなんとする」

と、問うた。

「わたくしからは、何とも……」

と、太公望らしくなく言葉をにごした。そのわけは、この大乱とは、西を救わんとすれば東を失い、東を救わんとすれば西を失うほどの大艱《たいかん》である。西には召公の封地がはいっている。太公望としては、召を見殺しにして周を救ってほしい、とはさすがにいえなかった。

自宅へさがった召公をひそかに訪ねてきた貴婦人がいた。武王発の正妃であり誦の正母である王姜《おうきょう》である。それと知った召公は、

「これは——」

と、息をのんだ。

「召伯どの、東西での艱急《かんきゅう》のこと、ご心労を察しています。わたくしとしても、ここで周が滅亡したら、地下の王にあわせる顔がありません。そこで、東方へはわたくしが甲《よろい》を着て師旅《しりょ》をひきいてまいります。もちろん勝てばよし、もし負けたら、召伯どのはどうか嗣王を傅《たす》けて、ささやかでもよい、周室の西方での存続をはかっていただけませぬか」

王姜は涙をうかべている。それにしても周の皇統を他人である召公にゆだねるとは、いかにも大胆であった。

——あの王にして、この妃ありか。

王姜の勇気と決断とに驚嘆した召公だが、さすがにこのときばかりは悩乱しそうになった。ながい沈黙がつづいた。そのあと召公は、

「東へはわたしがまいりましょう。いや、召の邦を挙《あ》げて、東夷を鎮撫《ちんぶ》してみせましょう」

と、しずかに言った。東方へ出師すれば、そこで勝っても負けても、置き去りにした召の邦は消滅するであろう。

王姜の目が輝いた。

「召伯どの……、よくぞそこまで。このご高誼《こうぎ》はけっして忘れませぬ。しかしわたくしが嗣王とともにここを守っていて、なんになりましょう。召が邦を挙げて東へむかわれるなら、周も邦を挙げ大事をおこなわねばなりませぬ。ともに東方へむかいましょう」

と、かの女は気丈なところをみせた。

召の男どもはのこらず兵になったといってよい。そしてこの戦役をきっかけに召民族の大部分は東方へ移動していった。

滔々《とうとう》とさかんだった東方の反乱軍は、嗣王誦を奉戴《ほうたい》した王姜、召公にひきいられた征討軍に、撃破され敗走をはじめた。勢いを得た征討軍は、周公と召公との号令のも

とに、反乱軍を東海のほとりにまで追って、ついに潰滅《かいめつ》させた。

——日に国を辟《ひら》く百里
と、『詩経』に頌《たた》えられた召のめざましい進撃はこのときのこともふくまれていたろう。西方の本領を放棄同然にした召公は、凱旋後、王姜より反乱軍の本拠であった奄《えん》（山東省曲阜《きょくふ》県の東）を封地としてたまわった。このときの国号がおそらく「匽《えん》」である。いやもっといえば、のちに召民族は北へ逃げた反乱分子を追っていったか、または移封されて、とうとう召公奭《せき》の兄弟の一人はいまの北京ちかくに邦を樹《た》てた。それが「燕《えん》」である。ちなみにこの邦は、紀元前二二二年、秦王政《しんせい》（始皇帝）に滅ぼされるまでつづいた。

周都に帰還した召公はまたしても太公望のみえぬ釣糸《つりいと》にあやつられたという気がしないでもなかった。なぜなら王姜は、太公望とおなじ羌《きょう》族の出で、かの女の大胆な言動のうしろに太公望が影のごとくいたと考えられるからである。

それはそれとして、この戦役のあと、周公は東方の統治権を誦（成王）にかえしている。が、それは名目上のことで、東方統治の実権はそれからも周公が握りつづけたようだ。したがって、臣下としては巨大すぎる周公が薨《こう》じてようやく名実ともに周王親政の時代がきた。そのとき周王誦の左右にいたのは召公奭と太公望であり、誦は召公の執政ぶりをみて育ってきただけに、召公に全面的な信頼をおいた。

「皇天尹大保《こうてんいんたいほう》」

という尊号を賜った召公は、周王をのぞけば、周では最高位の司祭者となった。余談になるが、太公望が東海に近い山東の地「斉《せい》」を封国としてさずかったのは、『史記』に書かれてあるような商周革命直後ではなく、成王誦の御代になってからであろうし、それも召公のはからいがあったような気がしてならない。召公が薨じたのは、誦の嗣子釗《しょう》（康王）が即位してからであるから、古代の人として稀な長寿であった。

かつて召公が西方の邦を治めていたころ、養蚕や農耕の季節には、獄を弛《ゆる》めて拘禁者を釈放し、人民が正業にかえって職をおさめる機会をあたえた、と『淮南子《えなんじ》』にはある。また争訟《そうしょう》のことがあると、かれはそれを甘棠《かんとう》（ひめかいどう）の樹の下でさばき、その裁判の公平さに庶人は喜ばぬ者はなかった。それゆえ召の故地の人々は、

蔽芾《へいはい》たる甘棠《かんとう》

翦《き》る勿《な》かれ伐《き》る勿《な》かれ

召伯の茇《やど》りし所

と、うたって、召公の遺徳をしのんだ。

ついでのことながら、のちに、棠陰《とういん》というと、すぐれた裁判のことを指し、甘棠の陰《かげ》で公平な判決をおこなった召公が、裁判をおこなう者たちに敬仰《けいぎょう》されつづけたことは、論を俟《ま》たない。

成王（誦《しょう》）と康王（釗《しょう》）の時代は、天下は安寧《あんねい》で、刑罰を四十年間も用いることがなかったと『史記』にはあるが、むろんそれをそのままうけとることはできないものの、周王朝の最盛期を現出させたその二王に、召公のかげが、なんらかの形で落ちていると想像できなくはない。

買われた宰相

中国の春秋時代、周の荘王《しゅうそう》の三年（紀元前六九四年）の初秋である。

早朝からけたたましい下女の悲鳴があがった。

「門前で死人がすわっております」

というのだ。――死人がすわっていられるものか。その家の主人は苦笑しながら、門口までいった。なるほどひとりの男が土塊《つちくれ》のようにすわっている。その男は若人か老人か、外見からではわからない。なにしろ蓬髪敝衣《ほうはつへいい》で、塵泥《じんでい》をすっぽりかぶってまっ黒である。

「おまえさん、生きているのか、死んでいるのか」

――生きている。

そういうかわりに、男は瞼《まぶた》をあげてまたおろした。

「どうしてここにいなさる」

こんどは男の脣頭《しんとう》が動いた。

「腹がへって動けぬ」

「どこのお人じゃ」

男は瞼をおろしたまま語らない。

「では、どこへ行きなさる」

するとこんどは男の瞼と脣頭とが同時に動いた。

「太公望《たいこうぼう》の国へ、だ」

「ほう、斉《せい》へ行きなさるのか」

この時点より三百年ほどまえに、あらたに王朝をひらいた周の武王発《ぶはつ》によって、革命の元勲のひとりである太公望呂尚《りよしよう》が封ぜられた国が、斉である。現在の山東省にあった国で、太公望が稀代の謀臣であったことから、そのかれを尊崇しているらしいこの幽鬼のような男が、どんな志望をいだいているのか、その家の主人にはおおかた見当がついた。

——最近は、このてあいが多くなった。

門地のない男が、舌先をもって、立身出世をしようというのであろう。が、その家の主人はそういう連類を軽蔑はしなかった。一意をもって寸陰《すんいん》のごとき一生をつらぬくべきである。斃《たお》れてのち已《や》むのも、よいではないか。

——この男を視《み》よ。

と、その家の主人はおもう。男は空腹で動けぬという。が、その舌だけはりっぱに動いているではないか。男のことばをきいたわしは、憐愍《れんびん》をおぼえ、食をあたえようという気になっている。男に同情をおぼえる者が、わしのような邑人《むらびと》でなく、王侯貴族であったらどうだ。

「ことばだけで天下国家を動かせるものならば、それほど愉快なことはあるまい」

語りあいたくなったその家の主人は、飢渇《きかつ》の男を招きいれ、篤《あつ》くもてなすことにした。

ここは銍《ちつ》という土地である。泗水《しすい》のほとりにある。銍は銍《ちつ》とも書かれ、銍とは農具のカマのことだから、このころ泗水の水道はカマのようにそのあたりで曲線を描いていたのであろう。銍は現在の微山湖《びざんこ》の西岸にある沛県《はい》（江蘇省）のうちにあった。ついでながら、このあたりでのちに——四百年ほどあとに——前漢の高祖劉邦《りゅうほう》が生まれたことをおもいあわせると、ここの土地柄は、情誼《じょうぎ》と衒気《げんき》とに富んでいるのかもしれない。

この家の主人はよほど親切なたちなのか、どこの馬の骨ともわからぬ男を屋敷にい

れたばかりか、

「客人だ」

と、家人につげて、男にこびりついている旅の塵泥《じんでい》をおとさせ、こざっぱりした衣服まであたえて、朝食を供した。

男は娘のようなはじらいとどまどいとをみせた。どうやら男は他人に情を乞うたのも情を受けたのもはじめてらしい。それだけこの遊説者は若いということである。

――若いが、ただの馬の骨ではない。

餌人《ちつひと》はおのれの予感があたったことに満足した。食事のしかたをみれば、おおよその人間の素性はわかるし、男がすわった丰姿《ふうし》も悪くない。ただし目つきが異常にするどい。

――こりゃ、憑《つ》きものの目だな。

そこにこの男の不幸がある、と餌人はひそかにあわれんだ。

男は羞渋《しゅうじゅう》のかたさがなかなかとれなかったが、やがて舌になめらかさがもどったように、しゃべりはじめた。――諸国を遊説してみたものの、結論としては、

「文のない国は、いかんともしがたい」

と、男はいう。文とは、太公望が生きていた周王朝の初めのころでは、死者をきよ

めるために、死者の胸に描いた文様《もんよう》をいう。したがって文には装飾の意味があるが、この男のいう文とは、文化のことである。文化とはなにか。簡明にいえば、人民がもっとも住みやすい社会を追求することである。

「文化とは、また、ことばでもある」

と、男はいう。文のないということは、ことばのないことと同然で、そういう国ではよそ者のことばはうけいれられない。しかし周王朝に入貢《にゅうこう》しない蛮夷《ばんい》の族でさえ、ことばをもっているではないか、といわれるかもしれぬが、それはちがう。あれはたとえば、水の音、風の音などを、人の喉からでる音にすりかえているだけで、そうした国にあるのは沈黙なのである、と男はわかりにくいことをいった。要するに遊説に失敗したのであろう。

――この男は楚《そ》の国まで行ったのかもしれぬな。

と、餦人は考えながら、てきとうにうなずいてみせた。楚はちかごろめきめきと威勢をはりはじめた南方の蛮国である。楚は周王朝に入貢せず、楚の君主は南方の諸国を併呑して連邦国家でもつくるつもりか、周王のむこうをはって、やはり「王」と自称しているらしい。周と楚との陣営が早晩どこかでぶつかるであろうことは、餦のように両陣営の中間にあるような地に住んでいて、すこし先のみえる者ならば、それはなんとなく予感できる。

が、この餌人は楚についてあえて問わなかった。

男はさらに語る。

武が力ならば、文もまた力である。天下国家を統治するには、武の力よりも文の力のほうがうわまわっている。なによりも、

――武には展望がない。

だから斉へゆく、と男はいうのである。

ここで餌人は首をかしげた。男が文をめざすというのであれば、なぜ、

「魯《ろ》へゆく」

と、いわないのであろう。魯は文化国家としては第一級である。斉は法治国家であり、文化の程度はさほど高くない。それに餌からでは、斉よりも魯のほうが近い。餌から斉へゆくには、泗水にそって東北へのぼり、小国の任《じん》を通り、大国の魯の首都である曲阜《きよくふ》を経て、泰《たい》山を眺望しながら、臨淄《りんし》（斉の首都）までの道のりである。

餌人がそこを疑問にすると、男の眼光に赫炎《かくえん》のような色がでた。が、語気としてはひややかに、

「魯は、おのれの文をたのみすぎる」

と、いった。男の説明はこうである。魯の国は周の王室よりわかれた国であるから、先進の国体であるが、魯の宗主の周公・旦《たん》がそうであったように、自尊の心が強く、異邦人の智慧《ちえ》など要《い》らぬとする国である。また人臣の上下を峻別するあまり、自国の下層の者の智慧でさえ上層の者はくもうとしない。いうなれば頭ばかりで生きている国である。下層とは国の足にあたり、人も国も足で立っているということを、魯の大臣たちは忘れている。したがってそういう国は、足が痿《な》えるのもはやく、頭にあたる指導者の血が老いてきて、めぐらなくなれば、どうして立っていられようか、と男の舌鋒はするどい。

「ほう、魯の亡びは、はやいといわれるか」

「いや、大国としての面目を失うのが、ということです」

と、男はいった。大国であり伝統のある魯のような国は、他国をはばかることがないから、おのずと国際感覚を失ってゆく、男のいいぶんは、それであった。魯を遠くからながめているにすぎない餌人だが、それには内心肯首するところがある。

——現に、魯は面目を失ったばかりだ。

この春、魯の君主はとなりの斉の君主に謀殺された。原因は魯の君主の夫人が斉の君主に通じていたことで、いわば三角関係のもつれから、そうなったわけだが、痴情がからむと殺人は残酷になるとはいえ、魯の君主の殺されかたはいかにも惨烈であった。かれは斉の君主に招かれて酒をのまされ、正体のなくなったところを、彭生《ほうせい》という大力の男に抱きあげられ、車中にはこばれて、そこでまるで木像が破片にかわるように摧折《さいせつ》された。水母《くらげ》のごとき君主の屍体をさげわたされた魯の家臣は、しかしながら斉の君主を指して、

——真の殺人者はあなただ。

とは、いわなかった。いや、いえなかった。そこでかれらは斉の君主に、下手人である彭生を処断して魯の顔の立つようにしていただきたい、と申し込んだ。そのため、彭生は斉の君主の命令によって殺された。しかし、

——これで魯の面目は立った。

とは、世間はみていない。

魯の人民もそうは考えていない。むしろ魯は斉の暴力に泣き寝入りしたという事実だけが世のあかるみにでたのみであった。

「魯公はとんだ災難でしたな」

他国のことながら、餌人がいたましげな表情をすると、

「あれは災難なんぞではない。おのれが定めた死だ」

と、男はにべもなくいった。

「憶《おも》ってもみられよ。故《な》くなった魯公が、かつてどのようにして君主の座を襲ったか」

「あ――」

餌人は膝をうった。

斉公に殺された魯公は、太子のときに、腹ちがいの兄（隠《いん》公）を暗殺して、魯の国主におさまったのである。人を殺した者のむくいがそれだ、というわけであろう。が、人を殺した者はろくな死にかたをしないという理屈が通るとすれば、魯公を殺した斉公がこんどは横死する番だと考えてもふしぎではない。いずれ斉にひと荒れある、といってよいだろう。それだけに斉の国は、布衣《ふい》の身で栄達をもくろむ者にとって、恰好の場になるのかもしれないが、冷静にみれば、

「斉公は狂人だ。狂人にまともな弁説が通用するはずはないから、斉へゆくのはおやめなさい」

と、餌人は若い遊説者にいってやりたいくらいのものであった。が、この遊説者は斉公についてはいっさい批判せず、

「ご主人、天のさばきはなんと公平であるか、……そうはおもわれませんか」

と、いった。そういいつつ、この男は内心、まだまだ天は手ぬるい、魯はほろぶべきだ、いや魯ばかりでなく、鄭《てい》の国もわが手で滅亡させたい、と考えている。

翌払暁、男は餌を立った。

「ご恩は一生忘れません」

男は懇謝した。事実、この男はのちに人がましい身分になったとき、このときのことを忘れず、

「食を餌人に乞うたものです」

と、告白している。よほど餌人の情がうれしかったのであろう。

その餌人は、門の外で、

「わたしが生きているあいだに、あなたの名が振天するよう、祈っていますよ」

といい、斉《せい》国へゆくといいつのる男の前途をあやぶみつつも、自分の身内を送りだすように、男の未来を祝福した。

――まだまだ天はわしを見捨ててはいない。

そうおもう男の前途は、異常に大きくみえる旭日によって、あかあかと染められていた。

斉へむかったこの男の姓名は、

「百里奚《ひゃくりけい》」

という。生国は許《きょ》である。じつはかれにとって斉ははじめての地ではなかった。

春秋初期のころ、中国には大小あわせて百以上の国があった。許はそのなかの小国である。許は現在の許昌市（河南省）の東にあったわけだから、許にもっともちかい大国は鄭であった。許と鄭との距離は直線で三十キロメートルほどである。鄭（河南省・新鄭県）は中華のちょうど中央にあたり、交通の要衝であり、中華のヘソといってよく、もっとも栄えている国のひとつであった。

その鄭が南隣の許を欲しがった。が、許を自国の版図《はんと》に加えたいからといって、むやみに攻めとるわけにはいかない。許は独立国というわけではなく、三百キロメートルも東方にある魯《ろ》に服属していた。鄭が許に兵をいれれば、当然魯が黙ってはいない。ところで、鄭にとってつごうのよいことに、鄭の直轄地が魯の近くに――山東省・費《ひ》県に――あった。そこで鄭の君主は魯の君主に、

――たがいに遠い直轄地をもっていても意味がありますまい。交換いたしたいが、いかが。

か。

と、申しこんだ。それをうけた魯公はしばらく沈思した。

——そんなことを周王の聴許をえずに、諸侯間で勝手に決めてよいものか、どういうことをである。鄭が交換をもちかけてきている直轄地というのは、「泰山の祊《ほう》」といい、それは周王の代行として泰山を祀《まつ》る義務のある鄭の君主に、周王室からくだされた地である。また魯がもっている許は、魯公が参朝のため周の王都へ上ってゆくのに、遠くて難儀であろうという理由で、一種の休憩地として、周王室からとくべつに下賜《かし》されたものである。

——ははあ、この交換は、鄭の君主の周王へのあてつけだな。

と、魯公は思いあたった。このころ鄭の君主の荘《そう》公と周王である桓《かん》王とのあいだはしっくりいかず、冷戦状態であった。だが、それと知りつつ、魯公はついに鄭からの申し出を呑んだ。このときの魯の君主は隠《いん》公で、魯の累代《るいだい》の君主のなかでも明君のうちにいれられる人だが、この受諾ばかりは魔がさしたとしかいいようがない。周王を踏みつけにした交換が鄭と魯とのあいだで成立した。

おどろいたのは許の君臣である。鄭から使者がきて、

「今後、鄭に従っていただく」

と、いきなりいわれても、おいそれと承諾できることではない。許は魯に従っていたとはいえ、それは過去の名目上のことで、いまは実質的に独立国である。魯の属国でありながら、自主的に国家を運営できる状態は、許にとってまことにつごうがよかった。ところが、支配者がかわれば、鄭は近いだけに、鄭の政体にくみこまれることになり、最悪のことを考えれば、植民地とされかねない。心おだやかでない許の君主は、鄭の使者を目前において、

「さだめし天王（周王）の御令書を、ご持参のことでございましょうな。ならば許は鄭に従いましょう」

といい、鄭の使者の返答をつまらせた。

けっきょく許は鄭に従うことをいさぎよしとせず、鄭の高圧的な告諭《こくゆ》をつっぱねた。

その交渉決裂の席に、百里奚の父は許の大夫《たいふ》（小領主）として列座していた。かれは許の家老といってよく、国内に名望があった。ただし名はわからない。『春秋左氏伝』には、「大夫百里」とあるだけである。とにかく許の主従は、

――わが国が欲しければ、周王の御許可をとってくるべし。

と、正論をかざして、鄭にたいして徹底抗戦のかまえをみせた。

周王がこの件に介入してくることを恐れた鄭の荘公は、すぐにも許を攻め取りたかったが、単独でことを始末すると、あとで周王からなにかとうるさくいわれようと考え、

――許の旧主は魯公どののゆえ、ぜひともかの君民にお諭《さと》しねがいたい。

と、魯の隠公の出馬をさそった。これでこの一件の責任は、鄭と魯とに分担されることになった。二国は強硬手段をとった。許国の首邑《しゆゆう》である許邑は、鄭と魯との連合軍にかこまれた。

このときは周の桓王の八年（紀元前七一二年）であり、百里奚の年齢は、はっきりとはわからないが、おそらく十五歳くらいであったろう。かれは大人たちにまじって堵上《とじよう》に立ち、弓矢をとった。

ところが敗亡を必至とみた許の君主は、ろくに戦いもせず、邑《ゆう》と人民とを捨てて、衛《えい》の国へ亡命してしまった。

――なんという怯懦《きようだ》な君主だ。

百里奚はあきれ、かれの正義感は傷つけられた。涙はでなかった。

主君をうしなった許邑は二日で陥落した。

百里奚の父は敗戦国民の代表として、鄭の占領軍と交渉することになり、許邑にと

どまって最後まで奮戦した許叔《きよしゆく》（許の君主の弟）は人民の助命を願った。さいわいそれはききとどけられたが、許邑を鄭軍にあけわたすことになり、許叔は貶流《へんりゆう》されることになった。つまり許の君主の弟は、大夫ほどの身分におとされ、許の国民すべては東の辺地においやられて、国境の番人にされたのである。

そうした戦後処置はすべて鄭の荘公がおこなった。が、さすがにかれはあとあじが悪かったのか、許の西部を治めさせることにした公孫獲《こうそんかく》を呼んだとき、

「ここだけの話だが……」

と、憮然たる面持ちで、

「許には貴重品を持ってくるな」

と、いった。さらに、わしが死んだら許からすぐに引き揚げよ、といった。それはいずれ許の遺民が許邑を奪回にくるであろうという、かれ独特の勘がいわせたことだが、気の強い公孫獲は、

「許のやからになにほどのことができましょうや。わが手兵だけで撃退してみせましょう」

と、主人の弱気を嗤《わら》うようにうそぶいた。

鄭の荘公はその慢心を叱《しか》り、

「想ってもみよ。周の王室をはじめ、わが鄭も、魯も、衛も、周の一族は日に日に衰えてゆくばかりではないか。ところが許は、羌《きょう》の族で、これから天に見出されるみこみがおおいにある。天から見捨てられようとしているわが族が、天を味方にしつつある許にあたって勝てようか。やめておくことだ」

と、いった。

この時期に、周の族の衰乱と羌の族の隆盛とを予見した鄭の荘公は、やはりなみの君主でないといえた。やがて羌の族から斉の桓《かん》公が出て、周王にかわって中国をとりしきることになるのである。

――魯に売られた。

百里奚の父はいった。肩をおとして辺地におもむく敗残の行列のなかで、百里奚は天をにらみ、

――こんな無道が罷《まか》り通ってよいのか。

と、心中咆《ほ》えた。天がなにもしないのならば、一生を賭《と》しても、おれが鄭と魯とを滅亡させてやる、とこのとき自分自身に誓った。かれはこのときから復讎鬼《ふくしゅうき》になった。

かれのそうした呪《のろ》いが風に乗って魯にとどいたわけでもあるまいが、魯公は許を伐《う》

ってから四か月目に、異母弟に暗殺されてしまった。そのうわさが百里奚たちのいる辺邑に流れついたとき、

――非道のむくいよ。

と、邑の民はすこし溜飲のさがった表情をして、つぎは鄭の君主が死ねばよいとささやきあった。が、富み栄えている者を羨み呪うだけのそうした大人たちに、また自分自身にも、百里奚はいや気がさしてきた。君主が死んでも魯はびくともしないし、一方、自分はこの一壺天《いっこてん》からぬけだせたわけではない。このまま居すくんでいては、いつまでたっても、なにも変わりはしないだろう。環境をかえるには、行動しかない。そうさとったかれは厳粛な顔つきで、父にむかって、

「天はまことにありましょうや」

と、問うた。かれの父はべつに驚いた様子もみせず、

「あるよ」

と、淡としていった。

「では、天に力はありましょうや」

「あるよ」

百里奚はここでおもいきって、

「父上、わたしを学問のために、斉へやらせてください」

と、いった。そのときかれの背は父の杖ではげしくうたれた。かれは唇を嚙み破りそうになった。

「天のことを問うたのに、なにゆえ天の力を見極めようとはせぬ。いま斉へゆくということは、敵を前にして逃げだすのとおなじことだ。どこかの君主のまねをさせるために、おまえを育ててきたおぼえはない」

斉国は羌族が中国に樹《た》てた国のなかでは最大である。そこへ行きたいという百里奚の夢は父の一蹴によってこわされた。が、夢の破片は残った。したがってかれの二十代は、

――いかに許邑を奪いかえすか。

ということについやされた。許国を再建できれば斉へ行ける、そのひとすじの希望にすがって、かれは黙々と働き、みなとおなじように鄭の君主の意向に服した。

「鄭の虎よ――」

鄭の荘公のことを、百里奚は心のなかでいつもそう呼んでいた。――鄭の虎よ、はやく死んでくれ。かれはひそかに叫びつづけた。が、かれのねがいにさからうかのように、鄭の荘公は長命であった。鄭の荘公が病歿したのは、周の桓王の十九年（紀元

前七〇一年）の夏のことである。百里奚は二十代のなかばをすぎていた。

――時がきた。

かれは耳鳴りのようなものを感じた。許叔を奉戴《ほうたい》してことをおこすわけだが、この一挙が失敗すれば、死ぬかもしれない、たとえ死ななくても余生をこの壺の底のような地ですごすことになろう。百里奚は身ぶるいした。

――天よ、わが許の族に力をかしたまえ。

かれは祈らざるをえなかった。が、天に力があるとはじめに考えついたのは周の族であり、許の人間が祈るとしたら、本来は伯夷《はくい》という羌族の神へである。羌族はもともと遊牧民族であり、山岳信仰の一族のはずであった。むろん百里奚の体内にも遊牧民族の血はながれている。

かれらは鄭を伐《う》つべくひそかに武器をととのえはじめた。

鄭では荘公の子の突《とつ》（厲《れい》公）が国主に即位した。これだけではまだ許の辺邑から立ち上がるわけにはいかない。やがて許の民の群情が天に通じたのか、鄭にお家騒動がおこった。鄭に二人の君主ができ、国力は分裂した。

――これこそ、回天の機運。

許叔は号令した。かれらは許邑に攻めかかった。百里奚は雨のような飛矢をかいくぐって、門から邑内に突入した。春秋時代の城の攻めかたには定式があり、城門を破るべきであり、城壁を越えてはならないとされている。城壁には除凶のために呪詛《じゆそ》に類する物が埋められているからである。そういうわけで城門が攻防の要点となり、そこよりほかを破壊できない攻撃側は滞陣を覚悟しなければならないものだが、この場合はちがった。攻める側と守る側とでは気迫のちがいがありすぎた。このころ鄭の兵は諸国の兵にくらべて強豪であったにもかかわらず、かれらは許の軍旅の猛浪をうけてささえきれず、邑をすてて潰走《かいそう》した。

鄭の兵の去った邑内をしみじみ見まわし、廟宇《びようう》のまえの庭に尻をおとした百里奚は、はじめて泣いた。許邑を鄭にとられてから十五年目の快挙である。その年月がかれにおしえたことは、

「忍耐の成果」

であり、待つことの意義であった。かれはみずからの目で、一国の滅亡と再建とをみた。これこそ父が暗黙にさずけてくれた学問なのか、と百里奚は想到したが、祖国の再建が成った上は、もう待つことはごめんだという気持ちが強まり、まもなくかれは斉へ旅立った。ふたたびかれが許の土を踏むことのなかったことを想うと、かれは大夫百里の嫡子でなかったのだろう。

——非道な鄭と魯とを亡ぼして、天下を動かすのだ。

かれの気宇からすると、許はいかにも小国でありすぎた。おのれの器量ならかなず斉公の目にとまり、おれが斉を中華一の国にしてみせる、とその自信は過剰なほどであった。しかし斉にはそういう連中は掃《は》いて捨てるほどいた。この高望な男は斉に着いてたちまち困窮した。かれはたまたま、

「蹇叔《けんしゅく》」

という名家の次男と知り合いになり、やがて爾汝《じじょ》の親しさになった。はじめ蹇叔は許からでてきたこの自信満々の男をからかって、

「百里奚とはめずらしい姓名だ。ところで奚とは、奴隷《どれい》ということだな。すると汝《なんじ》はいつの日か、その名のように、奴隷の身分におちることになるかもしれまいよ」

と、いった。

「なにを——」

百里奚は蹇叔の襟喉《きんこう》につかみかかり、

「奚とは、わが羌族の髪型をいうのだ。爾《なんじ》も斉にいるのなら、それくらいはおぼえておけ」

と、怒鳴った。蹇叔は羌族の出ではない。

――ほう。

蹇叔は百里奚を見直した。なかなか学識はありそうだ。それに胆力もすぐれている。が、十五年も亡国のつらさを耐え忍んで、許の国を復興させた群臣の一人にしては短気である。

――いい男だが、短気は、玉に瑕《きず》というやつだ。

と、蹇叔はこの快男児をおしんだ。また百里奚が鄭や魯に復讐《ふくしゅう》するために斉へきたという、動機も不純である。この男は胸のなかの怨恨の炎がしずまったとき一流になれる、蹇叔にはそれがわかる。だが、生涯そこに気づかなければ、この男はどこかでのたれ死ぬほかあるまい、ということもわかる。

百里奚は蹇叔のもとに寄寓するようになった。

「いま周王朝をひらいた文王や武王のような明君がいれば、おれは太公望ほどの名相になれるのに、どれも人の見えぬ暗君ばかりよ」

百里奚の不平はいつもそれであった。またかれは、

「わが許国の滅亡を、あのとき傍観していた天王では、もはや諸侯をまとめてゆけぬ。これからは、おれを宰相《さいしょう》にむかえた君主こそが、周王にかわって中原《ちゅうげん》で覇業をなすのだ」

と、大きいことをいっていた。蹇叔は憐愍《れんびん》をまじえて苦笑しつつ、百里奚の猟官運動を見守った。ところが百里奚はいくら奔走しても仕官の口はみつからないようで、ある日、

「なんじの家のすじから、おれを斉公に、いや斉公でなくても公子のどなたかに、推挙してもらえまいか」

と、蹇叔はたのまれた。かれは眉をひそめ、

「仕《つか》えるのがたれでもよいというのなら、それではまるで餌をあさる野犬とかわりないではないか。そんな卑《いや》しさで仕えた君主が、このさき覇業をなせるはずがない。太公望がきいてあきれるわ」

と、少々厳しいことをいった。――そうあせるな、という蹇叔のほうが、待つことを知っているようであった。

野犬とののしられた百里奚はさっと顔色をかえて、

「汝《うぬ》のように食うにこまらぬ者には、おれの必死の意《おも》いなどわかりはせぬ」

と、いい、斉の首邑から姿を消した。

――どこかに文王や武王のような英主がいるはずだ。

百里奚は南方諸国を遊説した。が、かれが得たのは失意だけであった。南方諸国は

どこも排他的である。ついでながらこの排他性が、南方から中国統一をなしうるほどの英傑を出さなかった原因のひとつといえる。春秋・戦国期をすぎて秦《しん》末期になっても、それは楚の英雄である項羽《こうう》の精神の風土となってあらわれており、よくいえば南方の人間の特性というべき純粋さが、雑嚢《ざつのう》のような劉邦《りゅうほう》の気量に圧《お》し潰《つぶ》されたといえよう。

百里奚《ひゃくりけい》は北の天を仰ぎみた。

――おれが活《い》きるとしたら、やはり中原しかないのか。

といっても、黄河のあたりの膏腴《こうゆ》を占めている姫《き》姓の族（周の族）の国へは仕官する気はない。そこでかえる家をおもいだした犬のように、かれの足はおのずと斉へむいた。その帰途で、とうとう飢渇してしまい、運よく餁人《ちっひと》にすくわれたというわけであった。

ようやく帰りついた臨淄《りんし》の入り口で、百里奚は検問にひっかかった。

「他国からまいった者は、都内に身もとを保証する者がいないかぎり、通さぬ」

というもののしさである。こういうときには役人に袖の下を使えば、通過できることを知っていても、いまの百里奚にはなんのもちあわせもない。

——ええ、いまいましいが……。

と、舌うちしつつ、かれは蹇叔《けんしゅく》の名をだした。

「おお、生きておったか」

蹇叔はにこにこして迎えにきてくれた。

「天があるかぎり、おれは不死身だ」

百里奚はにくまれ口をきいたが、内心ほっとした。

「なんだ、この厳戒ぶりは」

「どこかで聞いたろう。わが君が鄭《てい》の君主を伐《う》ち果たしたのさ」

今年の四月に魯《ろ》公を殺したばかりの斉《せい》公は、こんどは七月に、以前から仲のわるかった鄭の君主の子亹《しび》を、国際会議ともいうべき諸侯会同の地——衛《えい》の国の首止《しゅし》というところ——で、兵を伏せ暗殺してしまった。そうしたもめごとがあっただけに、斉では他国者の入国を要心しているというわけである。

鄭は荘《そう》公が死んでからご難つづきで、一気に国の威勢はうしなわれた。中華ではかわりに斉公が主導権をにぎろうとしているが、そのやり方は酷薄で手荒い。

蹇叔から事情をきかされた百里奚は、なんの感懐ももらさず、

「ふん」

と、鼻先で嗤《わら》っただけであった。それをみた蹇叔は、こやつは諸国をめぐってきたようだが、鄭や魯を憎む気持ちにかわりはないようだ、とがっかりした。

百里奚はまた蹇叔のもとに身を寄せた。

「ことわっておくが、おれは汝の臣ではないぞ」

と、うそぶき、客人づらで無為徒食の日々をおくりはじめた。蹇叔の奇妙なところは、その威張った食客にいやな顔をむけるわけではなく、また、

――はやく主持ちになれ。

と、奨進《しょうしん》の話をもってくるわけでもなかった。他人には無関心な百里奚も、これにはさすがに考えさせられた。

――この男は無欲なのか。それとも何かを待っているのか。

蹇叔という人間が身近にいるだけに、かえって百里奚にとってはつかみどころがなかった。

斉は翌年から、臨淄の真東にある紀《き》の国を侵略しはじめ、三年後にはほぼ併呑《へいどん》した。そのように斉は確実に領土を拡大しつつあったが、風雲は国外からでなく、国内からおころうとしていた。

百里奚の齢《よわい》はまもなく四十にとどこうとしていた。ある日かれは蹇叔をつかまえて、

——これで汝の扶養にならずにすみそうだ。

と、破顔をみせた。蹇叔がそのわけを問うと、

「公孫《こうそん》どのに仕《つか》えることがきまった」

と、うれしげにいう。

「公孫というと、あの公孫無知《むち》か」

蹇叔は眉をあげた。公孫無知は先代の斉公の弟の子で、いまの斉公のいとこにあたる。蹇叔は公孫無知がちかごろ人を集めていることをうすうす知っていたが、なにやら怪しげな密事に親友がひきこまれかけていると感じ、胸がさわぎ、

「死人に仕える気か」

と、ひごろのかれに似ず大声を発した。てっきり蹇叔がよろこんでくれるものとおもっていた百里奚はむっとした。

「死人とはたれのことだ。公孫どのはちかごろとみに評判のよいお人よ」

「死人といってわるければ、あれは羊の皮をかぶった狼だな。汝は知るまいが、あの方は、先君に実の子以上にかわいがられ、なんでも自分のおもいどおりになると信じ

て育ってきたゆえ、昔はずいぶんと酷な所業をしたものよ。いまは人気とりに生来の貪戾《どんれい》さをかくしているにすぎない。あれはやがて人の手にかかって果てる相だ。そんなのといっしょに犬死にするな」

と、蹇叔はいい、この話、汝では断りにくかろう、わしにまかせよ、と公孫無知の宅へゆき、仕官のことは破却してしまった。百里奚は怒るより、あきれてものがいえない。かえってきた蹇叔は、

「あんな凶徒のところへゆくくらいなら、なにゆえ公子糺《きゆう》のところへゆかぬ」

と、なじった。公子糺は斉君の弟君であり、性格は穏健で、いまの斉公が淫乱暴恣《ぼうし》であるため、その歿後には、国主の座に即《つ》く可能性が高い。しかし百里奚は横をむいた。

「公子糺の母は魯からきた女だ。ゆくものか」

「では、その弟の公子小白《しょうはく》はどうだ」

「あの公子の母は衛《えい》からきた。どちらも姫《き》姓の血をひいておるわ。ごめんだな」

「つよがりをいうな。どちらからもことわられたな」

「お見通しか」

「やはりな。が、まてよ……。公子糺はだまっていても斉君の位がころがりこんでく

ることはあろうゆえ、人は要《い》らぬのはわかるが、公子小白の場合は兄をしのぐために
は、人材が要るはずだ。小白には鮑叔《ほうしゅく》といってなかなかよくできた人物がついている
はずだ。汝ほどの人物をどうして断ったのであろう」
「両家とも、おれを断ったのは管仲《かんちゅう》という男よ」
と、百里奚はふしぎなことをいった。
はじめ百里奚は公子糺の屋敷へゆき、召忽《しょうこつ》という重臣と語り、仕官の話がまとまり
かけた。そこへ管仲というもう一人の重臣があらわれ、
——この者、当家に益をもたらす者ではございません。
と、容喙《ようかい》したため、召忽は説《と》きふせられ、話はこわされてしまった。つぎに百里奚
は公子小白の屋敷へゆき、鮑叔と語るうちにかれに気にいられ、
——当家で奉公する気がおありなら、公子にご推挙申そう。
とまでいってくれた。が、そのとき隣室からあらわれたのは管仲で、鮑叔の耳にな
にごとかをささやくと、鮑叔はしぶい表情になり、どうかおひきとりねがいたい、と
急にそらぞらしい口調にかわって、ここでも話は管仲によってこわされたというわけ
であった。
「管仲が鮑叔のところにねえ……」

蹇叔はしばらく考えこんでいたが、

「奚よ。斉はひょっとすると、管仲と鮑叔の時代になるかもしれないなあ。こりゃ、おもしろくない」

と、本当におもしろくなさそうな顔でいった。

「あの高慢ちきで、おせっかい野郎の、管仲とは何者だ」

「仕官の話をこわされた当人である百里奚のほうがもっとおもしろくない。なかなかのやり手さ。なんでも潁水《えいすい》のほとりの出身で、賈人《こじん》（商人）あがりだが、鮑叔とは親交があり、他国で一、二度勤めをしくじって、斉へきたというわけらしい」

「ふん、それで、おれを買うに価しないと踏んだわけか」

「いや、そうではあるまい。それなら鮑叔があんたを買おうというときに、管仲が口出しする必要はなかったはずだ。あんたは管仲に嫉妬《しっと》されたんだよ」

「嫉妬だと――」

百里奚は今日の蹇叔の思考の飛躍についていけない。

「そうさ、男の嫉妬のほうが恐ろしいというやつさ。あんたが公子糺の家で仕えるようになれば、管仲としては自分の値がさがる。また公子小白にあんたが仕えるようになれば、公子糺の家門の値がさがる、とやつは見ぬいたにちがいない」

百里奚はおもわずにやりとした。蹇叔のいうとおりなら、管仲こそ自分にもっとも高い値をつけてくれたということになる。

「こういうとき笑っちゃいけないよ。いつものあんたらしく怒らねば。それにしても、わずかな時のずれで、百里奚が管仲に、この蹇叔が鮑叔になっていたかもしれぬのだ」

蹇叔は深刻に残念がった。そのうちにかれは、

——旅に出よう。

と、しきりに百里奚の尻をたたきはじめた。

いまさら諸国を流浪して、なんになろう。旅のつらさをいやというほどあじわったことのある百里奚は生返事をくりかえした。かれは斉が好きであった。というより、斉をはなれて、ほかの国で身を立てられるとはおもえなかった。斉の地に自分の骨を埋めたいとおもうことは、羌族《きょう》の一人として自然なねがいであったかもしれないが、このときの百里奚は自分の志望ばかりみつめて、旅に出たいといいだした蹇叔にやむをえない事由があるのではないかと、思いやることをわすれていた。

蹇叔にしても、百里奚が腰をあげないかぎり、独《ひと》りで旅立つほどの思いきりはなか

った。

そういう状態で、一年がすぎた。

斉に大事件がおこった。公孫無知の謀叛《むほん》であった。かれは宮中に攻め入って斉公を殺し、国主の地位に即《つ》いた。それもつかのま、つぎの年に、遊渉中に地下《じげ》の者の手にかかって横死した。そのため空位になった斉の首座に、亡命していた公子糺と公子小白とが、どちらが先に坐るかという競争になったが、小白のほうが先に帰国して斉公となり、またたくまに国内の混乱を匡矯《きょうきょう》して、兄の公子糺を撃退してしまった。なおかつ小白の英明ぶりは、敵にまわった管仲を、鮑叔の進言を納《い》れて、助命したばかりか、宰相に就《つ》けたというところに鮮烈にあらわれた。

——小白とは、なんと大度の君主であることよ。

百里奚は目が醒《さ》めるようであった。かれは蹇叔の肩をたたき、——みよ、みよ、こんどの斉公を、これからの斉はとてつもなく大きく強くなるぞ、あの斉公が諸侯の長となるのはまちがいなく、羌族が天下を動かすということになるのだ、といい、ひとりで悦に入っていた。

このころ蹇叔は鬱々《うつうつ》としている。かれは百里奚のあまりのはしゃぎぶりに、水をさしたくなったのか、

「いまの斉公の位とて、武をもって争い奪ったものだ。武には展望がないといってい
るのは汝ではないか。それゆえ斉公の最期はおおよそ知れよう。また管仲にいかなる
大計があるにせよ、それは斉にとって百年の計にはなるかもしれぬが、千年の計には
なるまいよ」

と、いった。

百里奚はかっとして蹇叔にくってかかろうとしたが、急に口をつぐんだ。蹇叔の目
をみたからだった。そこには暗い哀しい色が浮かんでいた。

――ああ、この目は、かつて許《きょ》の辺邑で祖国の再興を必死に願っていたころの、お
れの目とおなじではないか。

百里奚は胸をつかれた。

「汝のいうとおりかもしれぬ。よし、旅にでよう。が、斉公と管仲とがどんな政治を
はじめるのか、この目で確かめてからにさせてくれ」

そういった百里奚は、斉公《せい》（死後に「桓公《かん》」とよばれる）と管仲とのコンビによる
富国強兵策の実施を目のあたりにすると、深くうなずき、蹇叔とともに斉をはなれ
た。道すがら蹇叔は、はればれとした顔つきにもどった。

理想の君主と政治とを求める百里奚と蹇叔とは、どこをどう経《へ》巡《めぐ》ったものか、周の王都である成周《せいしゅう》にあらわれた。百里奚はすでに五十歳である。

──管仲にまさるとしたら、この健康と寿命しかあるまいよ。

と、百里奚は空《から》元気で笑った。が、声音は白くかわいている。それにしても蹇叔はつきあいのよい男である。このあてのない流泊《りゅうはく》に苦しげな表情もみせずについてきている。百里奚がそこをいぶかると、

「汝に賭けているのさ」

と、蹇叔はけろりといった。百里奚はくすぐったそうに白いもののまじった鬢毛《びんもう》を指でかきあげ、

「そういわれると、ありがたいより、つらいわさ。ちかごろわしは、自分をそれほどの男とはおもえなくなってきた。賭けるに足らぬかもしれぬよ。それに汝ほどの見識の持ち主なら、りっぱに一国の大臣がつとまろうというのに、わしのせいであたら春秋を無にさせてしまった。すまぬ」

と、いった。かれの正直な気持ちだった。嚶々《ようよう》と虫が鳴いている。蹇叔はしみるような微笑をかえし、

「なあに、われらの春秋はこれからだ」

といい、百里奚にきこえないほどの声で、

虫《むし》の飛ぶこと薨々《こうこう》たり
子《し》と夢をおなじくするを甘《たの》しむ

と、詩をくちずさんだ。

さて周の王都・成周は洛陽《らくよう》（洛水の北）にあったため「洛邑《らくゆう》」とよばれ、その地は現在の河南省・洛陽市の東北にあたるわけだが、ここより西にあって周王朝に従属している国は、虢《かく》、虞《ぐ》、晋《しん》、秦《しん》などで、さほど多くない。周王の直接の支配地でなんとかならないことには、二人には行く国がなくなりそうである。

ところでかれらは洛邑にきて、あることを聞き、腹をたてた。そのあることというのは、――晋国の本家が分家に滅ぼされた、ということであり、それはまだゆるされるとして、かれらの我慢のならなかったのは、

――周王が、その簒奪《さんだつ》者たる分家の当主を、晋の国主として認めた。

ということであった。世はさらに弱肉強食の風潮である。周王は晋の叛逆者を正統

化することによって自らの権威を失墜させた。

「天王も財と力とには弱いのさ」

蹇叔のいうとおりであった。周王室には晋からおびただしい賄賂《わいろ》がとどき、そのため周王が首をたてにふったといえなくない。

「こりゃあ、天下の紊乱《ぶんらん》を正すには、まず周王室からだ」

と、いっていた百里奚に、その周王室にかかわる機会があたえられた。

周王の弟に積《たい》という人がいて、この王子はたいそう牛がすきなため、良き牧人を求めているときいた百里奚が、ためしにでかけていったところ、王子の気にいられたのである。もともと羌族は羊を飼いならして中国全土を移動する遊牧民族であった。その民族の一人としての百里奚にとって、羊のかわりに、牛をあつかうことも苦にならない。

ところが、聊爾《りょうじ》なことをきらう蹇叔は、

「周王室といえば、汝のきらいな姫姓の宗家ではないか。それも牛の飼育のごとき卑官ではなあ。とにかく王子積がどれほどの人物かわかるまで、仕官はみあわせろ」

と、念をおし、どういう才覚でか、あちこちの屋敷に出入りして情報をあつめはじめた。そのあいだに周王（釐《き》王）が崩御《ほうぎょ》し、子の閬《ろう》がつぎの周王として即位した。蹇

叔の言もあるので、百里奚は仕官の件は口をにごしながら、王子積の牛の飼育を手伝っていた。ある日、蹇叔は眉間《みけん》にしわを立て、

「まずい。まずい。あの王子積は第二の公孫無知になるかもしれぬ」

と、一驚すべき予測をうちあけた。斉における公孫無知の乱のときと、情況がよくにているというわけである。が、ここでは王子積に心を寄せる大臣は多い。

「それだけに大乱になるということよ」

蹇叔にはやがて王都にひびく交戟《こうげき》の音がきこえるようである。しかし百里奚の目からすると、いまの王都はいたって平和であるし、王子積にいくさをおこすほどの険悪さはみられない。またたとえ周王と王子積とが争うことになっても、

「いまの王より、王子積のほうがましではないのか。王子積が立てば、王室はよくなるだろう。それにだ、鳥獣を愛する者に悪いやつはいない」

というのが百里奚の意見である。蹇叔はしずかな笑いを口もとにふくみ、

「そうはいかなくなるのが権力の座の魔性というものだ。悠長なことをいっておれぬ。挙兵した王子が敗れれば、眷属《けんぞく》はことごとく殺戮《さつりく》されるぞ。いまのうちに都から去ったほうがよい」

と、せきたてた。

――はたして、そうか。

半信半疑の百里奚は腰が重かった。かれの心はなかば王子積にかたむいており、やがて王臣となって天下に大道を復活させるべく辣腕《らつわん》をふるう自分を夢想していた。また、王都を去って、この先ゆくところがあるのか、という気重さもある。

そうこうしているうちに、周王は王子積に心を寄せる五人の大夫《たいふ》の領地をとりあげ、いよいよ乱の兆《きざ》しになった。ここが都にいる限度とみた蹇叔は、百里奚につめよって、

「わしをとるか、王子をとるか、はっきりさせよ」

とまでいった。百里奚はしぶしぶ腰をあげ、二人は王都をあとにして西へむかった。あとの王室における内訌《ないこう》のなりゆきは風聞でしかわからない。百里奚はできるだけゆっくりと歩いたので、蹇叔から、

「未練だぞ」

と、いわれたが、気になるものはしかたがない。

このとき周の恵《けい》王（閬《ろう》）の二年（紀元前六七五年）の秋である。蹇叔が予想したとおり、かれらが出発してまもなく、王子積は王に怨みを懐《いだ》く五大夫とともに挙兵し、王を攻めたが敗退し、いったん黄河を北へわたり蘇《そ》の国へ逃げこみ、さらに東の衛の

国へ走り、そこで衛と燕《えん》（正確には南燕）の軍を味方につけると、冬に王都へ攻め上り、勝利を得て、周王として自立した。一方、敗れた恵王は鄭《てい》の国へ亡命した。それを耳にした百里奚は、

「王子穨が捷《か》ったではないか。蹇叔よ、たのむ、洛邑へひきかえそう」

と、跪拝《きはい》せんばかりにしてさそった。が、蹇叔はあえてひややかな口調で、――いまひきかえせば、死ににゆくようなものだ、ととりあわなかった。

王子穨の政権樹立には、衛と燕との二国の軍事力が大きな後援をなした。しかしながら、どちらも遠国の軍兵だ。それらが王都から引き揚げてしまうと、王子穨の防衛力はいちじるしく低下する。それにくらべて周の隣国である鄭へ逃げた恵王は、復位へ絶好の場所にいて、鄭の軍旅をかりればいつでも王都へ急襲をかけられる。

――王子穨の政権は長くあるまい。

蹇叔はそうみている。

二人は黄河にそって西へゆき、虢《かく》の国（河南省・陝《せん》県の東南）にしばらくいた。虢の君主は周の朝廷の首相格である。その虢の国から、突然軍旅が東へむけて発した。なにごとであろうと首をあげた百里奚に、すぐさま蹇叔は、

――これで王子穨はほろぶ。

と、断言した。そのとおり、虢の軍は鄭の軍と連合し、王都に攻めかかり、王子穨を殺して、恵王を鄭から迎えた。王子穨の政権はまる一年の短命であった。

「鄭が——」

と、きかされても、百里奚の目にはもはや炎は立たなかった。なにか遠い国の名をきいたようで、ふしぎなことになつかしささえおぼえた。それよりも、

——まるで鬼神の目だ。

と、百里奚は蹇叔の洞察力に舌をまいた。

それにくらべて自分の智謀のなさはどうであろう。かれは烈しい自己嫌悪におちいった。そうした百里奚をみかねた蹇叔は、

「なあに、智謀などというものは、一種、心の冷たさからうまれてくるのだ。万人には通じぬよ。万人に通じるのは温かい心さ」

と、なぐさめてから、——王子穨の残党の詮議がきびしくなろう、どんないいがかりをつけられぬともかぎらぬ、虢にはいられまい、と頭《こうべ》をまわした。

黄河を北へわたり、虢とは対岸の国というべき虞《ぐ》（山西省・平陸県の東北）へついたとき、百里奚は黄塵のなかにすわり、

「わしは運が悪い」

と、うめくようにいい、大地をたたき、掻《か》いて、砂をつかんだ。それはそうであろう。仕えようとした君主が一度ならず二度までも非命に斃《たお》れていったのである。かれの命運も歳月も、まるで手のなかの砂のように、指のあいだからこぼれ落ちていったにすぎない。が、百里奚がそういうのならば、蹇叔とておなじ嘆きはある。しかし蹇叔の思考方法はちがっていた。

——運が悪いというなら、公孫無知や公子糺、それに王子積のほうが、もっと悪い。

なぜならかれらは死に、われらはまだ生きている。この事実を厳粛にうけとめ、明るく未来に転化していったほうがよい、というものであった。

ところが、この切っても切れそうもないほど仲のよい二人に、訣別がおとずれた。虞の大夫《たいふ》の門を叩いた百里奚に仕官の口がかかったのである。蹇叔は反対した。虞の国は、北は貪欲な晋と境を接し、南は黄河をはさんで傲慢な虢に対している。

——潰されないでいるのがましな国だ。

と、蹇叔はいう。

それでも百里奚は、わしはここで骨をうずめる気だ、とききわけのなさを発揮し、蹇叔を失望させた。すでに百里奚に顕揚欲はほとんどなくなり、永い流泊に疲れ果てたというべきであった。その点、蹇叔の精神のほうが強靭《きょうじん》であったといえる。かれはへたへたと坐りこんでもはや立ち上がりそうもない百里奚をみて、

「では、別れるほかあるまい。二度と再び生きては会えまいが、……感慨深い旅であった」

と、しみじみといい、断腸のおもいで踵《きびす》をかえした。

——蹇叔よ。ゆるせ。

蹇叔を見送る百里奚の目は涙であふれ、無二の親友の後姿はにじんで遠く、やがて黄塵のなかに消えた。

ところで、百里奚はむろんのことだが、さすがの蹇叔でさえ、このときから十九年後に、二人が晴れて再会できるとは夢想だにできなかった。親友の心の絆《きずな》の比類ない強さが招き寄せた奇蹟というほかない。

百里奚が虞《ぐ》で食禄を得てから十四年目に、隣国の晋《しん》の大夫《たいふ》である荀息《じゅんそく》が虞の君主に願いのすじがあって拝謁《はいえつ》した。その願いというのは、晋軍が虢《かく》を伐《う》つにおいて、虞の国を通してもらいたいというものであった。

晋という国は、黄河の支流である汾水《ふんすい》の上流のあたりに興り、黄河高原をどんどん南に伸長してきた武力の国である。晋室の姓は虞のそれとおなじ「姫《き》」を自称して、古昔に周王室からわかれたと系譜をつくってしまったが、本当の家系はそんな尊貴な出自《しゅつじ》ではないかもしれない。それはさておき、晋の宿願は、国の南境が黄河へ達することである。それにはあとすこしのところまできていた。すなわち虞と虢とを亡ぼせば達成されるのである。そのために晋はまず虞を抱きこんで虢の攻伐から手がけ、虢を滅亡させたあと、晋に気をゆるした虞をそっくりいただこうと計画したわけである。

そうした晋の陰黠《いんかつ》なたくらみを、虞で察知した者がいなかったわけではない。宮之奇《きゅうしき》という大夫がそれである。かれの賢明は他国にもきこえていたが、どんなにすぐれた臣下がいても、君主が暗愚では一国の存立は危うい。虞公は宮之奇の「晋軍に道をかしてはなりません」という諫言《かんげん》もそぞろにきこえ、晋からの申し出を快諾した。なにしろ晋の使者がもってきた礼物がすばらしかった。北方の屈《くつ》の名馬を四頭と垂棘《すいきょく》の美玉などであった。虞公は目がくらんでしまった。むりもなかった。それらは晋公でさえ、

——わが宝である。

と、出ししぶったほどの逸物ぞろいであった。すっかり気をよくした虞公は、あろうことか、

「わが軍も参戦して、虢を伐ちましょう」

と、晋に申し出て、ついに軍旅を催し、この年、晋軍とともに南下して、虢の一邑《ゆう》である下陽《かよう》（山西省・平陸県）を亡ぼしてしまった。

それから三年後に、晋から、——いよいよ虢の首邑を伐ちます、それにつき、このたびも貴国を通行するご許可をねがいたい、と虞は申しこまれた。先年良いおもいをした虞公のことだ、晋軍の国内通行を軽諾するにちがいないとみた宮之奇は、最後の諫言として、

「脣亡ぶれば歯寒し」

と、虞公にいった。脣とは虢であり、歯は虞です、いま虢が亡んでしまえば、わが国がどうなるかおわかりでしょう、と宮之奇は虞公のかるはずみを諫止しようとした。が、まったく晋を信頼している虞公は宮之奇の言に耳をかたむけず、

「わが室《いえ》は晋室と同姓ではないか。晋は同姓の国を亡ぼすことはあるまいよ」

と、いって、宮之奇を啞然《あぜん》とさせた。

まもなく晋によって亡ぼされようとしている虢の室も、姫姓なのである。虢が亡んで、どうして虞だけが生き残れよう。そう判断した宮之奇は、眷族《けんぞく》をことごとくひきつれて、虞から他国へ去った。

百里奚はそれを見たはずである。が、かれは諫言もせず逃亡もしなかった。宮之奇のように虞の君主と幼年時代からともに育った大臣の諫言さえ、しりぞけられたのである。いまさら他国生まれの自分の言が上に納《い》れられるとはおもわれないし、また滅亡を目前にして逃げだすような臣下が、他国で官途につけるはずはない。あるいは宮之奇がもっていたほどの財産が百里奚にあれば、他国で隠棲できようが、それもない。となれば、

――わが骸《むくろ》は虞の土のこやしになるばかりだ。

と、かれは観念せざるをえなかった。

晋軍は虞国を通過して黄河を渉《わた》り、虢の首邑である上陽をかこんだ。虢の君主はたちまち守禦《しゆぎよ》にみきりをつけ、周へ亡命してしまったため、四百年ちかく累葉とつづいてきた名門の虢はここに滅亡した。周の恵王二十二年（紀元前六五五年）の十二月のことである。

凱帰《がいき》の晋軍は虞に止宿し、にわかに起って、虞の宮室を襲い、虞公を捕虜とした。

晋公としてははじめのもくろみどおり、戦火をたてず、虞一国をやすやすと手中にできたというわけである。馬四頭と玉一つで、二国が晋にころがりこんできたといえる。

百里奚はこのとき他の大夫と同様に捕縛されて、晋公のまえに曳《ひ》きだされた。

晋公（献《けん》公）という君主は、北国の狼というべき、貪婪《どんらん》で酷薄な人柄である。かれはすぐに捕虜を検分したわけではなかった。さきにみたのは、荀息が虞の廏舎から引いてきた四頭の馬であった。晋公がいかにそれらの馬を吝《お》しんで手離したか、そのことからでもわかる。馬をみたかれのなつかしげなまなざしに、やがて淋しさがまじった。

「馬はたしかにわしの馬だが、年をとったものだ」

晋公は笑った。その笑いには複雑な意味がある。虢や虞ごときの小国を取るのに、これほどの歳月がかかったという腹立ちもあったろう。それだけわしも年をとったという自嘲もあったろう。ほかにかれの笑いを多少なりともくもらせているのは、前年に嫡子を自殺に追いこみ、今年になって他の子を国外に奔《はし》らせたという事実である。いまかれには寵姫がいる。かの女が生んだ子が身近にいる。溺愛《できあい》するかれらのために長生きしたい晋公にとって、いくら名馬でも、年老いた馬は不吉であった。

った。かれは捕虜を嘲笑ぎみに一瞥《いちべつ》すると、

「よい、さげよ」

晋公はそういったあと、ようやく捕虜に目をむけた。急に駑馬《どば》をみる目つきにかわった。かれは捕虜を嘲笑ぎみに一瞥《いちべつ》すると、

——こやつらを、どうしてくれよう。

と、考えた。あまり利口な連中とはいえぬが、一国の大臣どもだ、殺すにはもったいない、と吝嗇《りんしょく》な晋公は思いをめぐらせ、かれらを自分の女《むすめ》の飾りにつかおうという奇想に至った。晋公は先年に自分の女を西方の国である秦《しん》の君主にとつがせている。いま秦公夫人となっている女の召使いに、大臣級の人間をつかわせば、秦の君臣はおどろき、わが女の格もあがろうというものだ、と晋公はほくそえんで、

「わがむすめの媵《よう》にいたせ」

という一言で、百里奚らは秦国へ送られることになった。媵はふつう侍女をいうが、この場合、付添い人といってよく、悪くいえば奴隷であった。虞では殺されなかった百里奚だが、秦国へむかいながら、

——ああ、蹇叔《けんしゅく》がいったとおり、虞は亡び、わしは奴隷となってしまった。

と、はずかしさとくやしさとで、指で顔を掩《おお》った。わしは牛でも飼って暮らしていたほうが性にあっているのかもしれぬ、とおもうと、短いあいだながら王子積《たい》の牛を

あつかった周での生活がつよく記憶にあって、――この不自由さから免れたら、もはや仕官はしまい、とかれは決心し、脱走を夢みるようになった。

すでに年は改まっている。虞の大夫らの到着は、晋公の見込みどおり、秦の君臣をおどろかせた。ついさきごろまで国政に関与していた者が、僕使《ぼくし》同然の身分におとされて、踟躕《ちちゅう》として正室に陪侍《ばいじ》したのである。が、秦公の正室である晋公の女は、よくできた婦人で、かれらをことさら辱《はずか》しめる処遇にせず、それなりに尊重した。

秦の国は渭水《いすい》の上流域に発し、やがて渭水にそって東へくだり、岐《き》山の西の平陽《へいよう》に遷都したが、二十七年後にはまた遷都して、平陽からさほど遠くない雍《よう》（陝西省・鳳《ほう》翔《しょう》県の南）に首邑をおいた。以後、秦の首邑は戦国期に櫟陽《れきよう》に遷《うつ》されるまでここであり、むろん百里奚らがつれてこられたのも、その雍の城であった。

秦室の姓は嬴《えい》といって、このころ姫《き》姓や羌《きょう》姓よりも一格下にみられていた。が、秦の君主の任好《じんこう》は、明徳をこのみ、いまや国運は隆盛にむかっており、はやく中原《ちゅうげん》の先進諸国に比肩しようと、国人も進取の気象に富んでいたため、

「虞とは伝統のあった国だ。その大夫とはどういう人物であろう」

と、とりざたし、虞の大夫であった者たちと接触しようとした者が何人か出た。そのなかに禽息《きんそく》という秦公の臣がいた。

禽息はもっとも目立たない百里奚に目をとめ、諸般について語り合ってみたところ、心の底から温かくなるほどの感動をおぼえた。百里奚の風采は地味だが、見識は比類ない。なによりもこの虞人は苦労人らしくその政見に血がかよっている、とおもった禽息は、

――あの欲ばりの晋公が、これほどの人物を見抜けず、無償で、わが国へ送ってくれたのは、天授というほかない。

と、よろこび、百里奚を活《い》かさぬ法はないと決意して、

「かならず、わが君にご推挙申す」

と、いった。ところが百里奚はかえって顔をくもらせ、

「それはご無用にお願いいたします。わたくしには非運がつきまとい、この秦にもわざわいをおよぼすかもしれません」

と、辞を低くしてことわった。

しかしながら、すっかり百里奚に傾倒した禽息は、――これは私事ではなく、いわば国の大事である、百里奚どのが何といおうと、わが君に申し上げずばなるまい、と上申の機会をうかがっていた。そんな禽息を仰天させることがおこった。

百里奚が逃亡したのである。

そうきかされた禽息は、しまったと思うと同時に、ああ、これは百里奚どのがわが国に災厄をもたらすことを恐れて逃げ出されたのだ、と好意的に解釈した。ことばは悪いが、

——なあに、いまにつかまる。

つかまってもらわねばこまるのだ、そのときこそ百里奚を秦公に推薦してみようと楽観していた禽息だが、いつまでたっても官府から捕吏《ほり》が派遣された様子のないことをいぶかり、係の役人に訊《き》いてみれば、

——媵臣《ようしん》一人のことで、官吏をわずらわすにおよばず。

という、上からのさしずらしい。秦公はおそらく百里奚の脱走さえ知らぬであろう。

「なんということだ。わが国は大宝を失ったというのに、あえてさがさぬとは、——。秦の人臣は愚者ばかりじゃわ」

禽息は声を荒らげて、役人をおどろかせた。このままでは事態が好転しないとさとった禽息は、わが君に直訴するほかないと非常な決意をして、秦公の外出を待ちうけ、

「惶《おそ》れながら——」

と、門前で伏謁《ふくえつ》した。禽息は百里奚の履歴を述べ、その賢哲ぶりを口をきわめて褒《ほう》称《しよう》した。秦公はそれを聴き捨てにして、歩を進めようとした。むりもあるまい。秦公にとって百里奚とはすでに忘れ去られた名である。また百里奚がそれほどの賢人であれば、なにゆえ虞の亡びを拱手《きようしゆ》していたのであろう。臣下としてなすべきことをしていないではないか。なおかつ敵の手で捕獲されるとは、愚者でこそあれ、賢者とはいえまい。秦公は禽息の直情を憐れむと同時にうるさく感じ、これは聴かなかったことにして、通過しようとした。

が、このとき異変がおきた。

必死の禽息は頭を地にうちつけ、至情を君主に通じさせるべく、首の骨を砕いて死んだ。

たしかにこれは常識では考えられないことだから、『論衡《ろんこう》』の作者の王充《おうじゆう》のいうように、禽息が首を砕いて死んだというのは誇張である、といえなくないが、古代の人は喜怒哀楽がはるかに烈しいから、実際にあったことかもしれず、とにかく禽息の嘆願のすさまじさを知るべきであろう。

秦公は臣下をわが子のようにいつくしんでいる人である。出血した禽息をみて、心中おどろきの声をあげ、涙さえうかべた。当然、深く感ずるところがあって、さっそ

く左右の者に、

「百里奚の行方をしらせよ」

と、命じた。


百里奚は逃げた。

七十歳をすぎた老人とはおもわれぬ健脚で、東南へむかって走り去った。行く先はきまっている。申《しん》という地である。

申は羌《きょう》族が河南省の南陽地方に樹《た》てた国である。残念ながら、この話の時点より二十二年前に南方の大国・楚《そ》に亡ぼされ、このとき楚の大夫《たいふ》の封地となっていた。といっても申の羌族は全滅したわけでなく、原住民として、また被治者として生活していた。許《きょ》や斉《せい》の国へもどる気のない百里奚としては、残る羌族の聚落の地は申のほかなく、そこを余生をおくるにふさわしい地としてえらんだわけであった。かれはふり返りふり返り、逃げたが、どうやら追ってくる人影はないとわかると、

——これで窮屈な身分からのがれた。

と、ほっとして、難路をものともせず、申へたどりついた。じつに秦の首邑《しゅゆう》の雍《よう》か

らは千里あまりの道のりであった。

が、目的地であった申は楚の植民地といってよく、羌族の人々が跼天蹐地として暮らしているのをみれば、――ここも死所にはふさわしくない、と百里奚は仰嘆《ぎょうたん》した。ここで瞻《み》る天は、かつて許でみたとおなじように、青く澄み、ながくみつめているとわけもなく涙がでそうになった。その天の下でついに身を置く場所がなくなったという絶望感が、かれの五体から活力をうしなわせた。かれは風にはこばれる転蓬《てんぽう》のように南へむかって足をひきずってゆき、宛《えん》(河南省・南陽市)というところで、とうとう楚人《そひと》に見とがめられた。

――どこかの僕隷が逃げてきたという恰好だ。

と、百里奚をにらんだその楚人は、このうすぎたない老人を自宅につれてゆく気になったのは、牛を飼えるときかされたからであった。百里奚は家内奴隷になった。

――いかにもわしの人生の末路にふさわしい。

百里奚はうっすらと自嘲の笑いをうかべ、蟬蛻《せんぜい》のように風が体内を吹きぬけてゆくのを感じた。かれの目の色は死人のそれとかわりなかった。

このころ秦《しん》では百里奚に関する情報を猛烈に蒐討《しゅうとう》していた。国内に隠れ棲んでいないかと捜す一方、百里奚が羌族の出であることがわかると、

——それだ。

と、秦公は几《き》をたたいて、斉や許、それに申へ特命の者を趨《はし》らせた。それら隠密の者のなかの一人が、ついに百里奚の所在をつかんできた。秦公は「よくやった」と喜躍したが、

——ふうむ、楚人に執《とら》われているのか。

と、考えこんだ。

楚人は強欲な者が多いときく。なまなかなことでは百里奚をこちらに引き渡してもらえそうにない。さきに禽息《きんそく》が百里奚について、

「かの者をおそばに置けば、千里をひらくことができましょう」

と、いったことを秦公は想い出し、百里で一国だから、百里奚は十国のねうちがあるというわけか、と考え、楚人が目のくらむほどの財宝と交換しても損はあるまい、と側近に漏《も》らしたところ、

「そのことが楚の君主にきこえましたら、とても百里奚をはなさず、必ず重用して、楚が千里をひらくことになりはしないでしょうか」

と、いわれ、秦公はもっともなことだと思い返した。

「では、五羖羊《ごこよう》にしよう」

秦公はそういって、にっこりした。

殺というのは、黒い牡羊のことである。（ついでながら黒い牝羊を羭《ゆ》という）黒い牡羊の皮と百里奚とを交換しようというものである。それなら目立たず、なんとかその楚人の歓心を買えるのではないか。

早速、五殺をもった使者が宛へ駆《はし》った。

楚人は返答をしぶった。そこで使者は腹を立てたふりをして、

――もともとかの者は、わが公の媵臣《ようしん》であったのですぞ。

と、強硬に所有権を主張した。逃亡した奴隷は、正当な持ち主なら、無償でつれもどしても文句のでないところだ。それを五殺で買いもどそうというのである。しだいに楚人は弱腰になった。そこを見澄ました秦公の使者は楚人に五殺を押しつけ、百里奚の身柄をひきとることに成功した。

「ご健勝で、ようございました。わが君がお須《ま》ちです。いざ秦へ――」

使者にそういわれた百里奚は、健勝どころか精神は仮死状態に近かったが、その空虚な頭では、なんのことやらわからなかった。逃亡奴隷として処刑されるにしては、扱いが鄭重《ていちょう》すぎる。わかったのはそれくらいであった。百里奚にとってこの秦への帰途が、秦の宰相《さいしょう》への道につづいていようとは、露ほども想わなかった。

百里奚を迎えた秦公は、いちはやくかれを媵臣の身分から解放して、引見し、

「国事について語りあいたい」

と、急《せ》き込むようにいった。仕官のことはすっかり頭のなかからなくした百里奚である。まして国政のことを直答することに、恐怖さえおぼえた。

「亡国の臣に、はたしてご下問になる価値がありましょうや」

と、謝した。だが秦公は、

「いや、あれは虞《ぐ》の君主が、そなたを用いなかったゆえに亡んだのだ。そなたの罪ではない」

と、いって、百里奚の退席をゆるさず、諮問《しもん》の口をきった。秦公のやろうとしていることは、昨日までの奴隷に国事を問うという、かなり危険な果断なのである。まかりまちがうと他国の笑い種《ぐさ》になりかねないことだ。

――よくも固意なさったことよ。

背筋にふるえのようなものがはしった百里奚は、瞼《まぶた》を熱くした。むろんこのとき百里奚は禽息が生命を賭してまで自分を推挙してくれたことを知らない。かれがいま拝見している秦公こそ、蹇叔《けんしゅく》とともに永年求めてきた英主でなくてなんであろう。そう感じた百里奚はここで毅然《きぜん》として、自身を真摯と熱弁とのなかに投じた。

秦公と百里奚との対話は一日では足りず、二日におよび、二日でも足りず、三日におよんだ。それがおわったあと秦公は、

「そなたほどの賢人が、五羖とは、ずいぶんと安い買い物であった」

と、上気した顔でいった。その機嫌の良さをみた百里奚は、うやうやしく拝礼し、

「わたくしごときは、とても、蹇叔の賢明にはおよびません」

と、はじめて親友の名をだし、秦公の快心に乗じて、蹇叔を推挙した。これまで秦公に述べてきた私見を実行にうつすには、秦国にまるで縁故のない百里奚としては、百官のあいだで孤立して献策だおれになる可能性がある。どうしても協力者が要《い》るということである。その協力者に蹇叔以外の名は頭に浮かんでこなかった。はたして秦公はおどろき、

「そなたより賢明な者がいるのか」

と、目をかがやかせ、身を傾けた。このときすでに蹇叔の招聘《しょうへい》はきまったといってよい。さて、蹇叔はどこにいたのであろう。はっきりしたことはわからない。が、『韓非子』に、

蹇叔干《かん》に処《お》りて、干亡び、秦に処りて、秦覇《は》たり。

と、あるように、干という国にいたらしい。ただし干というと、斉《せい》国の首都の臨淄《りんし》にあった地名で、斉国がこのころ亡んだわけではないので、その干にいたのではなく、あと干にちなむ地名は衛《えい》国の近くにあったようだが、どことは証明されていない。秦から特派された者たちは、この雲をつかむような捜索を難なくやりとげ、蹇叔を発見した。秦公は使者に幣《へい》（贈り物）をもたせて蹇叔を招いた。

――百里奚が秦の大夫に……。

虞の滅亡によって百里奚も死んだとおもっていた蹇叔は、夢かとばかりに悦び、目をうるませて、あとは絶句した。

「わが君に五羖《ごこ》で買われましたので、百里どのはご自分から五羖大夫と名乗られているのですよ」

使者からいきさつをきかされた蹇叔は、はっとした。五羖大夫とは、一種の侮蔑《ぶべつ》をもって他の群臣からつけられた綽名《あだな》であろう。それをあえて自称してみせる百里奚の秦における立場の微妙さが、蹇叔には直感されたと同時に、昔の百里奚とはちがう、頭のひくさと腰のひくさとで、慎重に国政にあたろうとする親友の矍鑠《かくしやく》たる姿を脳裡に描きだすのに、時はかからなかった。

「さあ、まいりましょう」

蹇叔は気を引き締めて秦へむかった。かれがそのように身軽に居を移せたということは、かれは官職についていなかったか、または、ついていたとしても卑賤《ひせん》な官であったにちがいなく、いずれにせよ不遇な晩年におとずれた吉報であった。

秦についた蹇叔は、かれを出迎えている百里奚が感きわまったような顔をしているのを見つけると、熱いものが喉につきあがってくるのを感じた。かれらの生涯でこの再会ほど感激的なできごとはなかったであろう。が、蹇叔は感泣ばかりしてはいられない。かれ独特の勘と分析力とで、秦公の器局をはかり、秦国のゆくすえを予見しようとした。かれのそうした鋭い目と頭とは、秦公に拝謁したおり、秦公をまれにみる徳量の君主としてとらえ、秦国の肥大を予感した。

一方、秦公は蹇叔を接見して、

――地中にねむっていた宝刀である。

と、高く評価して、たちまちかれを上大夫（大臣）に任じた。英断というほかない。

大国でありながら文化国家としては二流である秦は、百里奚と蹇叔とを得ることによって、自他ともに一流として認めうる大国に成長する足がかりをつかんだことになる。秦という国は周王にしたがっているとはいえ、周王しか祀《まつ》ってはいけないとされている「天」をひそかに祀っていたように、歴代の君主は天下に大望があり、このときの君主・任好《じんこう》とて例外ではなかった。

任好は百里奚と蹇叔とを左右にしたがえ、東隣の大国・晋を滅亡寸前にまで追いこみ、ひるがえって西方の異民族を平定し、十二国を併呑して、ついに千里をひらいた。歴史的にみれば、これが秦の中国統一への第一歩であったといえよう。また秦は外国人を首相にすると発展するという縁起を任好と百里奚とがつくったといえる。とにかく任好は西方の覇者となり、周王から慶賀の使者を迎えるという栄光のうちに薨《こう》じた。死後かれは「穆《ぼく》公」と諡《おくりな》され、殉死者が百七十七人もでたということは、秦の遺風もあったにせよ、いかにかれが人臣に慕われた明君であったか、わかろうというものである。

話が前後するが、百里奚はすぐに秦の宰相に任じられたわけではない。おそらくその快事はかれが蹇叔と再会してほぼ二十年後のことである。ということは、宰相就任はかれの九十歳代でのことになる。信じがたいことだが、『史記』の「本紀」と「列伝」との記述をつきあわせてみると、そうとしかおもわれない。

百里奚の政治の原理は「徳」である。徳とは、みえにくくわかりにくいものだが、あえていえば、「許す」と同義語になる。

それについて、こういう話がある。

隣国の晋が二年つづきの不作となり、秦に窮状を訴え、穀物を請うた。

秦公は迷った。晋の君臣はそろって礼を欠くことがあるため、たとえ晋に穀物を輸出しても、与え損でおわってしまいかねない。それゆえ、二人の臣に輸出の是非を問うた。二人の臣の一人が百里奚である。まず一人の臣は、輸出にはいちおう賛成で、

「こちらがほどこした恩に、晋が報《むく》いなければ、晋の国民が君主から心を離すにちがいありませんから、そのとき、晋を討てばよい」

と、いった。恩を損益に換算したのである。が、百里奚はつぎのようにいって、輸出を大いに勧《すす》めた。つまり秦公に許すことを勧めた。

「天災は、どこかの国で、かわるがわるあるものです。災害にあった国を救い、その国民をあわれみ助けるのは、人のおこなうべき道です。この道をおこなえば、福にめぐまれるのです」

秦公はこの言を善《よ》しとして、晋へ穀物を送った。つぎの年に、秦が不作となったので、晋へ穀物を請うたが、ことわられた。秦公はその無礼をも許した。二年後に秦と

晋とは戦争をおこなった。そのとき晋公の乗った戦車の車輪がぬかるみに落ちて抜けなくなる不運があり、晋公は捕虜となり、晋軍は大敗した。百里奚のいった福は、まさしく秦公にさずけられたのである。

考えてみれば、徳でおこなう政治とは、斉の管仲がおこなった法で国民をしばる政治と、みごとに対立する。許す政治と許さない政治とのちがいといってもよい。

激情をいだいて諸国をさまよった百里奚を、そこまで寛容の人にかえたものはなんであったのだろう。これはもう、時の流れが、かれの不純な感情を浄化し、人や国の栄枯盛衰をみつづけてきたすえに確立した人格を、洗い出してくれたとしかいいようがない。

百里奚が秦の人臣の頂点に立ったとき、かれを怨む者はたれ一人としてなかったと伝えられる。――男の嫉妬は女のそれよりも恐ろしい、と身にしみてわかっていた百里奚らしい登高のしかたである。また宰相となったかれは、いくら疲れても老人用の座席のついた車にすわらず、いくら暑くても車に蓋《ほろ》をかけず、国内を巡視するときは、供の車をつらねさせることはせず、護衛の武士に干《たて》や戈《ほこ》を立てさせなかった。かれのそうした謙譲の態度は万民に好感をもたれ、「五羖大夫」はいつしか秦国はじまって以来の名宰相としてたたえられるに至った。

百里奚が宰相の位にあったのは、六、七年間で、そんな短期に、異民族が続々と秦に国交を求めにきたことは特筆に値する。百里奚がいかに徳政をおこなったかは、それからもわかる。

それゆえ百里奚が死んだとき、秦国の男女は涙を流し、子どもは歌をやめ、臼《うす》をつく者もかけ声をやめて哀悼した。大夫の死にたいしてこれ以上の礼はあるまい。百里奚の前半生は不運つづきであったが、いったん幸運をつかむと、こんどは幸運ばかりつづいた。長生きはしてみるものである。

百里奚の卒去の年はどこにも明確に記載されていないが、おそらく秦公・任好の死に先立つこと数年、周の襄《じょう》王の二十七年前後（紀元前六二五年前後）であろうとおもわれる。ということは百里奚は百歳をこえていた。秦の始皇帝が中国統一を果たすほぼ四百年前のことである。

あとがき

ふりかえってみて、私が甲骨文や金文と出会わなかったら、中国の歴史小説を書いていたろうかと、自問してみると、「否」である。

たとえば「衛」という字を金文でみると、人の足が左まわりに移動していることが、はっきりわかる。つまり衛士とは、左まわりに哨戒《しょうかい》していたわけであり、これは敵と遭遇したとき、右手の武器で相手を撃つことになり、古代の人々も右ききであった証左になる。その理屈からすれば、戦陣においても、当然、右翼にもっとも破壊力があり機動力があるもの、すなわち兵車（戦車）をならべて、敵陣を撃つという陣形が予想される。

そんなふうに、衛という字だけを見ても想像が発展するわけで、やがてその想像が充分な厚みと広がりとをもつと、物語を成り立たせる大気の元《もと》、すなわち元気が生まれ、そうなってはじめて、古代の人々がおのずと動くというふしぎさを、心のなかで目撃した。人はその光景も想像の所産というであろうが、私としては、ただ見えるものをそのまま書けばよいという、非常に容易な姿勢を得ることができた。

さて、曹劌《そうかい》についていえば、私が曹劌を書く気になったのは、かれが大活躍をした長勺《ちょうしゃく》という地名を見たときである。

長勺氏は商王朝のときは、おそらく黄河の支流の管理者であったろう。ついでながら黄河の「河」は固有名詞で、国の名であったとおもわれる。長という字は、甲骨文字では長髪の人が或る道具をつかって水を汲んでいるように見える。その道具とは、ひしゃく、つまり勺であろう。そうなると長勺には、日本の唐招提寺とおなじ、単語の余剰があり、招提《しょうだい》とは寺のことであるのに、さらに寺という字をつなげたようなことが、長勺の連語にもある。

それはともかく、長勺氏は水の管理者であったことから、周王朝の初期に、移封され、山東の汶水《ぶんすい》の水源にいて、汶水を管理する役目を、魯の公室から与えられたのであろうか。いや、魯国の首都がおかれた曲阜のあたりに存在した邑《くに》の盛衰を、商王朝時から考えてみると、そうでもないとおもわれるが、それを述べると煩雑《はんざつ》になるのでやめておく。とにかく長勺についてそれだけ考えておくことが、いわばこの稿を起こすまえの除道《じょどう》（あらかじめ道を払い清めておくこと）にあたり、私は曹劌とともに、土地勘のあるところを歩くことができた。

帝舜《しゅん》については、郭沫若《かくまつじゃく》氏の甲骨文字の解説で、「俊すなわち舜」とあるのを見て、諒解するところが大いにあった。私なりの発想だが、土地の神（または農業神）は、夏王朝では「社《しゃ》」であり、商王朝では「俊《しゅん》」であり、周王朝では「稷《しょく》」となるのではないか。周王朝は商王朝を滅ぼして成立したものであるから、俊を否定し、社と稷とを残した。

余計なことだが、日本の元号の「平成」は、帝舜がいかに洪水と闘ったかをあらわしている。「平」は洪水が引いた状態をあらわし、「成」は地の実りの豊かさをあらわしている。

商周革命期で召公奭《しょうこうせき》がはたした役割は大きい。召が周に味方したことで、召とよしみを通じている南方の諸国も周に力をかすことになった。そのほかに古代の戦争は実際の戦闘をおこなうまえに、まじない合戦のようなものをおこなうから、呪術にすぐれた召を翼輔におさめた周はかなりの安心感を得たであろう。周のために召を参戦させたのは太公望《たいこうぼう》にちがいなく、そこから太公望と召公奭の親密な関係が生じたと想像できる。

百里奚《ひゃくりけい》については、なんといっても「奚」の字に興味をおぼえた。白川静氏の解説では、奚とは髪型のことだとあるので、私はすぐに百里奚は羌《きょう》族の出身だとおもった。日本の辞書は、たぶんみな「百里奚は虞《ぐ》の人」と書いてあるはずで、これは『孟子』の説を祖述したにすぎなく、誤りであろうと確信した。虞は羌族の国ではない。けっきょく百里奚の出身は許《きょ》以外に考えられない。

ほかに秦の穆《ぼく》公が百里奚をすぐに重用しなかった理由もわかるのである。秦の最大の敵は羌族であった。それゆえ百里奚を側近におくのにためらいがあった。

さいごに、講談社の出版部の川端幹三氏には、大いに感謝の意を呈さずにはいられない。私の住んでいた東三河は、往時さながらの草莽《そうもう》の地で、蔚然《うつぜん》たる夏の草をかきわけて、川端氏が僻居をたずねてこられたのは、敢勇《かんゆう》というほかなく、霧の香《こう》、月の灯《ともしび》のなかで、拙稿の出廬《しゅつろ》をうながされたのは、私の一生において忘れられない時となった。

一九九四年一月吉日

宮城谷昌光

解説

平尾隆弘（評論家）

『俠骨記』は著者初の短篇集である。「俠骨」の意は、「その言《げん》は必ず信、その行《こう》は必ず果《か》（約束を果たす）、ひとたび諾《だく》すれば必ず誠。その身を惜しまず士の阨困《やくこん》（他人の災難）におもむき、存亡死生するも、その能を誇らず、その徳を伐《ほこ》るを恥ず」（『史記』遊俠列伝）とある遊俠とほぼ重なる。「俠骨記」曹劌《そうかい》を筆頭に、「布衣の人」の羌《きょう》由《ゆう》（許由）、「甘棠の人」の召公、「買われた宰相」の蹇叔《けんしゅく》や禽息《きんそく》なども、この系譜に連なるだろう。

短篇集冒頭に置かれた「俠骨記」曹劌の俠骨ぶりは『史記』や『春秋左氏伝』に記されている。だが、保守的で格式を重んじる魯《ろ》の国で、まったく無名の民である曹劌が、同《どう》（荘公）の側近に至った経緯は不明であった。なぜ？　いかにして？　その問いに、宮城谷氏は答える。曹劌は「精巧な戦役図譜」を持参し、魯の敗因をつぶさに語った。さらに来るべき斉との合戦（長勺の戦い）を予言した。それが曹劌登用に結びついたと。

戦役図譜！　あっと驚くのは臧孫達《ぞうそんたつ》親子だけではない。

春秋時代の初頭、「国の数は二十や三十どころではなかった。百あったのか、二百あったのか」と作者は書いている（『春秋名臣列伝』）。春秋時代から戦国時代にかけて、天下を主宰する周王朝の権威は衰えていくいっぽうだった。そのため、国と国とは生き残りをかけて相争う。たとえ武力衝突（戦役）がなくとも、常時戦闘状態は続いている。平時の国力のいっさいは、戦争の勝敗に直結する。「戦役図譜」こそ、まさしく春秋戦国時代の縮図でありシンボルなのである。

宮城谷氏の小説では、ひとつの国が、あたかも人格を持つごとくに動きまわっている。弱肉強食は人も国も同じ。権力が人から人へと移れば国の姿が変わるように、国が変われば人も変わる。むろん、国を動かしているのは王から宰相、大夫、士に至る人間である。しかし、人があたかも国の意思を体現するかのように、国に動かされることもある。人があっての国なのか、国があっての人なのか。人を描くように国を描き、国を描くように人を描く。人物を接写したかと思えば国と国とを俯瞰する。古代のただなかにいるかと思えば、数千年をまたいで歴史の帰趨《きすう》が顔を出す。類《たぐい》まれなる筆法。宮城谷氏は刻々と移り変わる春秋戦国の「戦役図譜」を、さまざまな光源を駆使しつつ描いているといえよう。

「侠骨記」と「買われた宰相」には、斉の管仲が登場する。両作における管仲は、一目置かれはしても今ひとつ冴えがない。「所詮、おのれの才知が仇になって、身を滅ぼしかねない男よ」(魯公)、「管仲は、礼を知らぬ」(臧孫達)、「高慢ちきで、おせっかい野郎」(百里奚)と評されるように。後年の作『管仲』では、「はじめて民衆のための政治をおこなった」「中国史上で最高の宰相」と高く評価されている。「どっちが本当なのか」となりそうだが、読者は決して混乱しない。魯には魯の、斉には斉の「戦役図譜」がある。「侠骨記」は斉と敵対する魯の側から、「買われた宰相」は斉で職を得られなかった百里奚の側から管仲を見ている。小説『管仲』が親友・鮑淑(管鮑の交わりで知られる)および斉側の視点を敷衍していることは言を待たない。光源の位置を変えれば、人も国も見え方が違う。光源は遺された歴史資料にとどまらず、史料と史料の空白を埋めるために作者が創出したものもある。時間(歴史)を自在に行き来する光源も随所に見られる。氏の世界を知れば知るほど、氏の小説を読めば読むほど面白くなる所以《ゆえん》である。

宮城谷氏は、なぜ、どのようにこうした方法を身につけたのか。独学で世界的作曲家になった武満徹は「作曲家になりたいという人は大成しない、作曲をしたいという人なら可能性がある」と言っている。「小説家になりたい人間に用はない。小説を書くことしかできない人間なら歓迎する」（馳星周《はせせいしゅう》）という言葉もある。思うに、高校生の頃から「小説家になりたい」と考えていた宮城谷氏は、古代中国、とりわけ甲骨文字と出会ったとき、「小説を書きたい」と切望したのではないだろうか。まったくの白紙状態から古代中国の勉強を始めた氏は、いったん自己を捨てた。けれど、「生きていれば、かならず事態や環境が好転するときがくる。そのときが人生の勝負ではなく、それまでどう生きるかが勝負を決する」（『管仲』）と書かれているように、宮城谷氏が積み重ねてきた人生の遍歴は、執筆する小説のなかに雪崩《なだれ》をうって流れ込んだと思える。三十代に没頭したカメラは「光源の位置によって、被写体の表情が変わる」「人物を照らす光源の場所や色温度を意識する」（『窓辺の風』）ことを教えてくれた。カメラのみならず。生まれ育った蒲郡の地も、家業（旅館・土産物店）も雑誌編集の仕事も水彩画も学習塾経営もクラシック音楽の偏愛も、すべてが小説に生きてくる。逆説のようだが、それが可能になったのは、氏が最後まで「小説家になりたい」という思いを持続させたからだ。作家の人生には無駄ということがない、いや、無駄を無駄とせず生かせる人が作家になるのかもしれない。

「布衣の人」は他の三篇とトーンが違っている。私は俊《しゅん》（舜）の軌跡を追いながら、一千年以上の時を超え、晋《しん》の太子《たいし》申生《しんせい》を思い浮かべた。申生は「父にどれほどむごくあつかわれようと、あるいは、たとえ父と驪姫《りき》（父の再婚相手）に殺されようとも、年老いた父の身を気づかい、毒牙を秘めたような驪姫を怨《うら》まない」（「士会のせつなさ」）人物であった。結局、申生は自決する。申生と、尭から王位を譲られた俊は、「孝」を貫いた点では変わらない。運命の分岐点はどこにあったのか。

「尭や舜は、べつに修養もせずに天性のままに行動しても、おのずから仁義の道にかなった」と孟子は述べている。作者はこの、「天性のまま行動して王になれる」神話伝説の時代の空気感を描きたかった気がする。国と国との衝突も下剋上もなく、「一年後には村ができ、二年後には邑《まち》になり、三年後には都《くに》になった」――そんな太古の空気感。「布衣の人」は、春秋戦国を裏側から照らしだす一篇であり、もしかしたら、申生の悲哀を見届けた後世の人びとが、俊の生涯を神話（理想）として作りだした。そう空想するのも楽しいではないか。

「甘棠の人」は、処女作『王家の風日』の変奏曲として読める。ここでも光源の自在さは際立っている。たとえば作中、強烈な印象を与える王姜《おうきょう》（武王発の正妃、成王の生母）という女性。『王家の風日』では「商の反抗がはじまるや男勝りのかの女は軍旅を率い、いくさにでて、周王朝を倒壊の危機から救った」とさらりと触れているが、「甘棠の人」はその俠骨ぶりを鮮やかに伝えてくる。『太公望』での王姜の描き方はまたひと味違う。光源が違えば世界の見え方が違う、格好の一例であろう。

「買われた宰相」は、宮城谷氏の作家人生を予言するような力作である。執筆時の氏は百里奚、それも「五羖《ごこ》大夫」以前の、志が報われないまま放浪する百里奚に似ていた。七年の歳月をかけた『王家の風日』に、期待したような反響はない。氏の述懐（「歴史のありがたさ」）によれば、「買われた宰相」「俠骨記」を書いたあと、何と「中国ものからはなれよう」とまで考えていた。だが間を置かず氏の小説は多くの読者に迎えられる。まさに本作を地で行くような事態が起こったのだ。百里奚を書きながら、「あきらめるのは早すぎる」と自らを励ましていた氏は、「買われた宰相」が商業誌に掲載されたとき、「百里奚は自分ではないか」と感慨が湧いたに違いない。極度の偶然をわれわれは必然という。氏は「天知る、地知る、我知る、子《なんじ》知る」（四知）を深く実感しただろう。

　創作の裏話のようだが、実はこのエピソードは作家・宮城谷氏の本質と深くつながっている。『史記』を繙《ひもと》くまでもなく、古代中国史は非業の死のオンパレードである。作者もまた多くの非業の死を描きだしている。けれど、『史記』「刺客列伝」中、唯一の生還者・曹劌をはじめ、『俠骨記』四篇の主人公は、すべて非業の死とは無縁だ。その後、宮城谷氏がタイトルに固有名を用いた人物——重耳《ちようじ》、晏子《あんし》、介士《かいし》推《すい》、孟嘗君、楽毅、子産、管仲、劉邦、呉漢、孔丘（孔子）も、ことごとく自らの生をまっとうしている。誅殺、謀殺、自殺、戦死によって生を閉じた人物はいない。例外として呂不韋（『奇貨居くべし』）や伍子胥《ごししよ》（『湖底の城』）がいても、表題は固有名ではない。氏が魅かれるのは、誅殺された比干《ひかん》ではなく生きのびた箕子《きし》（『王家の風日』）であり、中生よりも、十九年の亡命生活に耐えた重耳（文公）であり、美女なら、死に追い込まれた褒姒でも妲己でも驪姫でもなく夏姫（『夏姫春秋』）なのである。

「買われた宰相」で、五十歳の百里奚に「なあに、われらの春秋はこれからだ」と微笑む蹇叔は、作者の分身であろう。「わしは運が悪い」と嘆く百里奚に「運が悪いというなら、公孫《こうそん》無知や公子糾《きゆう》、それに王子穨《たい》のほうが、もっと悪い。／なぜならかれらは死に、われらはまだ生きている。」と励ます蹇叔もまた。結びの一文には「百里奚の前半生は不運つづきであったが、いったん幸運をつかむと、こんどは幸運ばかりつづいた。長生きはしてみるものである。」と記されている。宮城谷氏の小説からは、何歳になろうとも「われらの春秋はこれからだ」という声が聞こえてくる。それは「生きよ」という声でもある。氏は読者から「あなたの小説を読むと元気が出る」と言われるそうだ。元気が出るのも当然だろう。「あきらめずに生きよ、生ききってみよ」という声が、さやかな風のように寄せてくるからである。

本作品は、一九九四年に小社より刊行された文庫の新装版です。

|著者| 宮城谷昌光　1945年愛知県蒲郡市生まれ。『天空の舟』で新田次郎文学賞を、『夏姫春秋』で直木賞を、『重耳』で芸術選奨・文部大臣賞を、『子産』で吉川英治文学賞を受賞。中国古代に材をとった歴史ロマンの第一人者。『孟嘗君』『管仲』『楽毅』『晏子』『王家の風日』『奇貨居くべし』『太公望』などの小説、エッセイの『クラシック 私だけの名曲1001曲』ほか著書多数。近著に『呉漢』『三国志』『劉邦』『窓辺の風 宮城谷昌光 文学と半生』『呉越春秋 湖底の城』『孔丘』『公孫龍』などがある。2006年に紫綬褒章、'16年に旭日小綬章を受章した。

俠骨《きょうこつ》記《き》〈新装版《しんそうばん》〉

宮城《みやぎ》谷昌光《たにまさみつ》

2022年6月15日第1刷発行

講談社文庫
定価はカバーに
表示してあります

発行者――鈴木章一
発行所――株式会社　講談社
東京都文京区音羽2-12-21　〒112-8001
電話　出版（03）5395-3510
　　　販売（03）5395-5817
　　　業務（03）5395-3615

KODANSHA

デザイン―菊地信義
本文データ制作―講談社デジタル製作
印刷―――株式会社KPSプロダクツ
製本―――株式会社国宝社

Printed in Japan

ISBN978-4-06-524801-0

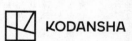

講談社文庫刊行の辞

二十一世紀の到来を目睫に望みながら、われわれはいま、人類史上かつて例を見ない巨大な転換期をむかえようとしている。

世界も、日本も、激動の予兆に対する期待とおののきを内に蔵して、未知の時代に歩み入ろうとしている。このときにあたり、創業の人野間清治の「ナショナル・エデュケイター」への志を現代に甦らせようと意図して、われわれはここに古今の文芸作品はいうまでもなく、ひろく人文・社会・自然の諸科学から東西の名著を網羅する、新しい綜合文庫の発刊を決意した。

激動の転換期はまた断絶の時代である。われわれは戦後二十五年間の出版文化のありかたへの深い反省をこめて、この断絶の時代にあえて人間的な持続を求めようとする。いたずらに浮薄な商業主義のあだ花を追い求めることなく、長期にわたって良書に生命をあたえようとつとめるところにしか、今後の出版文化の真の繁栄はあり得ないと信じるからである。

同時にわれわれはこの綜合文庫の刊行を通じて、人文・社会・自然の諸科学が、結局人間の学にほかならないことを立証しようと願っている。かつて知識とは、「汝自身を知る」ことにつきていた。現代社会の瑣末な情報の氾濫のなかから、力強い知識の源泉を掘り起し、技術文明のただなかに、生きた人間の姿を復活させること。それこそわれわれの切なる希求である。

われわれは権威に盲従せず、俗流に媚びることなく、渾然一体となって日本の「草の根」をかたちづくる若く新しい世代の人々に、心をこめてこの新しい綜合文庫をおくり届けたい。それは知識の泉であるとともに感受性のふるさとであり、もっとも有機的に組織され、社会に開かれた万人のための大学をめざしている。大方の支援と協力を衷心より切望してやまない。

一九七一年七月

野間省一